The Dropout Saintess wants to escape

After a trip to another world with MOFUMOFU, for some reason, the Ice Prince becomes obsessed with her!

フローラ・リンベルト
Flora Limbert
「……私、覚えていてもらえたのね」
「お前が私の妹だというのなら、
何か証拠を見せてみろ。そうすれば信用する」
トール・リンベルト
Thor Limbert

テッド・ウィシターリア
Ted Wistaria
「僕、できれば兄上との時間も欲しいなって思うんです」
「可愛い人だよ。私が全てを懸けて愛する女性だ」
レン・ウィシターリア
Wren Wistaria

CONTENTS

フローラが幼い頃からずっと一緒にいる家族。どこからどう見ても少しだけ大きくて、かなり賢いお猫様だが……？

落ちこぼれ聖女は逃げ出したい

～モフモフと異世界トリップした先で、なぜか氷の王子が執着してきます～

月神サキ

Illustrated by 切符

序章

落ちこぼれの聖女候補

——あの子が私を呼んでいる。


夢を見ていた。

遠くの方から聞こえる声は、必死に私を呼んでいる。

姿は見えないけど、私を求めてくれているようでとても嬉しいと思った。

◇◇◇

「久しぶりに見たわね、あの夢」

朝、目が覚めて出た第一声がそれ。

私——フローラはベッドから身体を起こし、息を吐いた。

ここは聖女候補たちが聖女になるまで過ごす『教会』と呼ばれる施設。私はこの場所に八歳から、もう十年近くも暮らしている。

家族はいないと私をここに連れてきた人は言っていたが、信じてはいない。

だって私にはぼんやりとだけど記憶があるから。

優しい家族、そして友人に囲まれ、楽しく過ごしている記憶。そして時にはそれらが夢になって現れる。今見たのも、たぶん昔の夢。

友人——幼馴染(おさななじ)みだった初恋の男の子が私を呼ぶ夢だったが、もう顔も名前も覚えていない。

いずれ夢も見なくなるのだろう。

振りきるように伸びをしたところで、足下から「にゃあ」という声がした。

視線を落とすと、大きな白い猫が足下に丸まっていた。

「おはよう、アーロン」

名前はアーロン。

アーロンは、私がまだ小さい頃、突然教会に現れた金目の雄猫で、猫にしては大きく中型犬くらいのサイズ感がある。白い長毛の持ち主。足には靴下柄があり、とても可愛い。

私にとっては、ずっと一緒に過ごしてきた大事な家族であり相棒。

「いってらっしゃい」

窓を開けてやると、アーロンは嬉しげに飛び出して行った。

朝一番に食事と散歩に出かけるのが彼の日課なのだ。

彼を見送り着替えていると、部屋の外から声が聞こえてきた。

「——あの子、まだ聖女になれないのね。いつまで聖女候補でいるつもりかしら。普通は半年もすれば聖女認定されるっていうのに」

声の主は女性。嘲(あざけ)るような笑いに、もうひとり、別の女性の声が応じた。

「そんなだからひとりだけ教会の隅の襤褸(ぼろ)部屋に住まわされて、キツイ仕事ばかりさせられるのよ。当然だけどね」

「水くみでしょ？　普通の聖女候補にはさせられない仕事よね。でもそれくらいしてもらわないと。肝心（かんじん）の聖女になるという義務を果たせていないんだから」

「本当よね。あ、でもあの子に直接言うのは駄目よ。意外と気が強くて、仕返しされるから」

声は小さくなったが、まだまだ十分聞こえる。うんざりとした気持ちで扉を見た。

「ああ、あの食堂汚臭（おしゅう）事件。酷（ひど）い事件だったらしいわね」

「厭味（いやみ）を言われたことに腹を立てたあの子が、食堂にくっさい薬を撒（ま）いたらしいわ。身体に害はないけどとにかく酷い臭いで、食堂は三日間使い物にならなかったとか。あれ以来、あの子に直接何か言うのは止（や）めておこうというのが、他の聖女候補たちの共通認識らしいわよ」

「何をされるか分からないものね。私も気をつけるわ」

クスクスと笑う女性たち。私は音を立てないように歩き、扉を開けた。ちょうど部屋の前にいたふたりに笑顔で告げる。

「おはよう」

「きゃっ！」

「今、私の話をしていたみたいだけど？」

「し、知らないわよっ！　い、行きましょ！」

慌てた様子で脱兎（だっと）の如（ごと）く逃げていく女性たちを見送る。

こんなことは日常茶飯事なので、追いかけたりはしない。

何せ私は忙しいので。

彼女たちが言ったとおり、水くみ仕事が待っているのだ。しかも最低五往復はしないといけない。

「さっさと片づけてしまおう」

気持ちを切り替える。すでに彼女たちのことはどうでもよくなっていた。

第一章

最後の日

「あー、疲れた……」

朝の仕事を終えた私は食堂へと向かった。

すでに他の聖女候補たちは食事を済ませ、朝の修業をするべく移動を始めている。

私も急いで朝食を食べ、遅ればせながら彼女たちと同じ場所へ向かった。

「失礼します」

頭を下げ、祈りの間へと入る。

祈りの間は教会の一階にある一番広い部屋で、私たちの信仰する神の像が置かれている神聖な場所だ。

ここで私たちは聖女になるための修業をする。

聖女とは神の奇跡を用(もち)いて人を癒やすことができる女性の総称で、聖女になれば魔王を倒す勇者のパーティーの一員として旅立つことになる。この教会は国が運営する聖女育成のための施設なのだ。

暗い祈りの間には太陽の光が一筋、神の像に向かって降り注(そそ)いでいる。

ステンドグラスからの光だと分かっていても、神の奇跡かと言いたくなるような幻想的な光景だった。

老人の姿をした神の像の前では、五人の聖女候補が熱心に祈りを捧(ささ)げている。

彼女たちは来週には聖女認定される予定なので、そのうち新たな勇者に迎えられ、魔王退治へと赴(おもむ)くことになるだろう。

この世界は今、魔王による侵略が行われていて、なんとか食い止めなければ世界が滅ぼされてしまうというところまできていた。

魔王退治は国家を挙げての宿願(しゅくがん)。月に一度程度、国に勇者と認められた人物が聖女と共に出発しているが、いまだ魔王を倒したという話は聞いていない。

昔、魔王を倒しうる勇者を異世界から召喚したとか、しなかったとかいう噂(うわさ)もあったが、魔王が健在なので、たぶんデマなのだろう。

「何をぼうっと突っ立っている。お前も早く神に祈りを捧げるのだ」

「あっ……」

入り口から動かない私を叱(しか)りつけたのは、この教会のトップである教主様(きょうしゅ)だった。

六十歳を超えた、ツルリとした頭の男の人。でっぷりと太った身体に濃い紫色と金色の差し色が派手な教主服と呼ばれる衣装を着ている。

教会に出入りする人たちは皆女性だが、教主様だけが男性だった。

私をこの場所に連れてきたのも彼。

教主様は、私がいつまで経っても聖女になれないのが気に入らないようで、ことあるごとに厭味(いやみ)を言ってくる。

今も嫌そうな視線を向けていて、黙っていればお説教が始まると察した私は急いで言った。

「申し訳ありません、教主様。今、すぐに」

「いいだろう。今日こそは結果を出して見せるように」

「……努力いたします」

頭を下げ、教主様から離れる。

聖女候補たちが祈りを捧げている場所へ移動しながら、教主様には聞こえないよう小声で呟いた。

「……努力したって結果なんて出ないと思うけどね」

真面目に祈りを捧げている聖女候補たちの邪魔にならないよう、少し離れた場所で跪く。

彼女たちの長い髪が淡いピンク色に輝いていた。

聖女は祈りの力で奇跡を起こすが、神に祈りが届くと、その髪色に変化が起こるのだ。

もちろん落ちこぼれの私に変化があったことなど一度もない。

——十年無理なら、もう永遠に無理でしょ。

とはいえ、教主様が見ているのだ。真面目にやらなければ叱られるのは目に見えている。

仕方なく祈りのポーズを取り、神に祈りを捧げる。

一応、最初の数分は一生懸命祈ってみたが、いつもどおりなんの変化も感じられなかったので、すぐに嫌になった。

——ほら、やっぱりね。

こんなことだろうと思った。

規定時間まで意味のない祈りを捧げ、時間が来たので切り上げる。

見ればいつの間にか集まっていた聖女候補全員の髪が淡く輝いていた。

皆の祈りの声を神は聞き届けたのだろう。

毎度の光景ではあるが、いざ目の当たりにすると、やはり気持ちは沈む。

嫌な気分になりながらも祈りの間を後にしようとすると、教主様に声をかけられた。

「フローラ」

「……はい」

逆らい難い声音に、逃げられない気配を察知して足を止める。

教主様を見れば、彼はずいぶんとお怒りの様子だった。

「今日もダメだったようだな」

「……申し訳ございません」

「皆ができるのに、お前だけができない。それはお前の信心が足りないということだろう」

目を伏せる。

実際、結果が出ていないので、言い返せる言葉はないと思ったのだ。それに教主様は癇癪持ちで、逆らうとより一層激昂する。そうなると、とても面倒臭かった。

延々と責められるのは遠慮したい。

とはいえ、いつかは仕返ししたいなあとは思っているけれど。

朝、聖女候補たちが話していたように虐められればやり返す女なので、教主様に対しても『いつかは、なんらかの形で復讐できたらなあ』と思っていたりするのだ。

ただ、現段階では現実的ではないのでやらないけど。

教主様に逆らえば、ますます教会で暮らしにくくなる。それは避けたかった。

何せ、私が教会から出られるチャンスは今のところゼロなので。

一度聖女候補として教会に入れば、役目を果たせるようになるか、誰かに見初められない限り、出ることはできないと国の法律で決まっているから。

——我慢、我慢……。

苛々する気持ちを理性の力で封じ込めていると、教主様が言った。

「来なさい。私自ら、お前に再教育をしてあげようではないか」

「……はい」

頭を下げ、心の中で舌打ちをする。

どうやら今日は謝っただけでは許してもらえないようだ。

顔を上げれば、祈りの終わった聖女候補たちがこちらを見て「いい気味だ」と言わんばかりに笑っていた。

◇◇◇

「入りなさい」

「失礼いたします」

教主様に連れてこられたのは、説教部屋と呼ばれる一室だった。

別名『お仕置き部屋』。

出来のよくない聖女候補を再教育……いわば叱りつけるための部屋なのだ。

ちなみに、この部屋に入った回数は間違いなく私が歴代一位だろう。全然嬉しくない。

床に絨毯などは敷いておらず、狭い部屋には高い場所に窓がひとつ。

豪奢な一人掛けのソファだけが置かれていた。

「そこに跪きなさい」

「はい」

指示された場所に跪く。ちょうど私の正面にあるソファには、当然のように教主様が座った。

「お前は本当に、何もできない出来損ないだ」

教主様の説教が始まった。

私が如何にダメな聖女候補かを思い知らせるという話らしいが、気にしていなくても普通に心を抉られる。

「お前がここにきてもう十年。他の聖女候補たちは皆、聖女として一人前になるというのに、お前だけは兆しすら見えない。分かっているのか。お前は役立たずのただ飯食らいだということを」

「……はい。申し訳なく思っています」

肯定しか許されないと知っているので、深く頭を下げ、謝罪の言葉を告げる。

教主様は「本当に反省しているのだろうな」と疑わしげだったが、私は更に頭を下げ、反省の意を示した。

それで満足してくれたのか、教主様が続ける。

「全く……髪色が変わるどころか、お前には背中に変な痣もあるし、所詮は手違いでやってきた落ちこぼれか」

その言葉に思わず黙り込む。私の背中に痣があるのは本当だ。

六枚羽のような不吉な痣。今、侵略してきている魔王の背に六枚羽があるとかで、それもあって余計に気味が悪いと言われている。

「我々が欲しかったのはお前ではないというのに。全く……仕方なくこちらで引き受けはしたが、聖女としての力を微塵も発揮しないとは本物の役立たずだな。一体何ができるのか、教えてもらいたいものだ」

――また始まった。

教主様の説教はよくあるのだけれど、一番多いのがこの『お前が欲しかったわけではない』といった話だ。

正直、意味が分からないし、こちらだって要らないのならこんなところに連れてこないでほしかったと言いたい。

教主様が立ち上がり、苛々した口調で言う。

「昨日も陛下に呼び出されて、聖女をもっと輩出せよとお叱りを受けた。お前とは違い、私はこんなに頑張っているというのに理不尽な話だとは思わないか」

――あ、そういうこと。

今日、お仕置き部屋に連れてこられた理由を察した。

どうやら私は教主様のストレス発散に使われているらしい。

キツい言葉を吐いて私を泣かせたいのだろうが、残念ながら、そんなことで泣いてやるほど私は繊細な女ではない……というか、教主様の思ったとおりになるのが嫌なので、死んでも泣くものかと今、決めた。

グッと奥歯を噛みしめる。

泣き出さない私を見た教主様が、面白くなさそうに言った。

「泣きもしない、か。本当につまらない娘だな。泣いて謝って『どうか捨てないでください』とでも言えば、まだ可愛げもあるものを」

「……」

「生意気な……」

空気が変わった気がした。

不穏なオーラを感じ、顔を上げると教主様の顔が醜く歪んでいた。

「きょ、教主様……！」

「言葉で言っても理解できないお前には、力で教えるしかないようだな」

「え……お、おやめください」

教主様の手がグーの形をしていることに気づき、恐怖を覚えた。

今まで怒鳴られることはあっても、手を出されたことはなかった。だからその点だけは安心していたのに、よほど国王に叱られたことが腹立たしかったのだろう。

憂さ晴らしに私を殴るつもりのようだ。

ギョッとした私を見た教主様が嬉しそうに目を細める。

「おお、やっといい顔をしたな。気持ちが晴れる」

——最悪。

内心舌打ちした。教主様を喜ばせてしまったことが悔しかったのだ。

教主様が拳を振り上げる。なんとか顔だけは庇おう。

そう思い、目を瞑る。身体を丸くしてギュッと力を入れた。その時だった。

「にゃあああ‼」

バリンというガラスの割れる音と同時にアーロンの声が聞こえた。

割れたガラスの欠片（かけら）が落ちる音がする。続いて教主様の「ぎゃあ！」という醜い悲鳴も。

「な、何⁉」

何事かと思い、目を開ける。目の前の光景を見て、ギョッとした。

朝、外に出したはずのアーロンが、何故（なぜ）か教主様を襲っていたのだ。

彼は教主様の肩に噛みつき、教主様はアーロンを引き剝（は）がそうと必死になっている。

「ア、アーロン⁉」

「は、はなせ！　この畜生めが！　フローラ！　これはお前の猫だろう‼　早くなんとかしないかっ‼」

なんとかアーロンを振り払おうとする教主様だが、アーロンはビクともしない。より強く噛みついていた。

「痛いっ‼」

「っ！　アーロン、はなして！」

アーロンが本気で噛んでいることに気づき、慌てて声をかける。

アーロンは不満そうだったが、私の言葉には従った。

教主様を噛むのは止（や）め、私の側（そば）へとやってくる。足下に擦（す）り寄られ、癖でその背中を撫（な）でた。

ふんわりとした長い尻尾はまだ不機嫌そうだ。たしたしと地面を打ちつけている。

肩を押さえた教主様がアーロンを睨みつけた。

「フローラ！　二度とこの猫を教会に入れるな。尊い教主たる私を畜生の分際で傷つけようなど、決して許してはおけんわ」

「教主様！」

「捨ててこい！　次に私の目の前に現れれば、猫鍋にして食ってやるからな‼　主人に似た愚か者めが！」

「っ！」

本気の響きに、慌ててアーロンを抱え上げる。

部屋から飛び出し、教会の外に出た。

走りに走り、水くみを行う井戸のところまで行く。ここには普段から誰も近づかないのだ。周囲には木々くらいしかなく、昼でも少し暗くて、女性が好むような場所ではないから。

「はあ、はあ、はあ……」

アーロンを抱えたまま、荒い呼吸を繰り返す。

アーロンは逃げる様子もなく、大人しく私の腕の中に収まっていた。それでも苦しくなってきたのか、私の腕を肉球で叩き始める。

「なーむ」

「……あ、ごめんね」

放せと言われていることに気づき、そっとアーロンを地面の上に降ろした。

アーロンは足で頭を掻（か）いている。実に猫らしい仕草だ。

「アーロン……さっき、私のこと守ってくれたんだよね……？」

聞いても意味はないと思ったが、それでも聞いてしまった。

でも、たぶん、間違いないと思うのだ。

あの時私は、教主様に殴られるところだった。それがアーロンの乱入で防がれた。アーロンが来てくれなければ、今頃間違いなく身体にダメージを負っていただろう。

「ありがとう」

アーロンの側にしゃがみ、感謝を込めてその頭を撫でる。

ふわふわの白い毛並みは美しく、滑（なめ）らかだった。先ほどまでとは違い、尻尾が機嫌よくゆらゆらと揺れている。

私よりも小さな動物なのに、危険を察知し、身体を張って守ろうとしてくれたのだ。

ガラス窓を壊してまで来てくれた。

そんなこと、他の誰もしてくれない。アーロンだけだ。

「にゃあ」

気持ちよさげにアーロンが目を細める。

私の唯一の味方。大事な家族。

アーロンがいるから、私はこんな場所でも生きていける。

でも――。

「捨ててこい……って」

教主様の剣幕を思い出し、溜息を吐く。

先ほどの教主様の怒りを見るに「悪気はなかったんです、ごめんなさい」は通用しないだろう。

顔を見せたりしたら、それこそ捕まえられて殺されかねない。

「っ……そんなの嫌」

大事な家族が殺されるなんて、許容できるはずがなかった。

なんとかアーロンを逃がしてやらねばならない。

たとえ二度と会えなくなろうとも、彼が生きてさえいてくれればいい。そう思うから。

「悲しいけど……アーロンが教主様の魔の手にかかるなんて絶対に嫌だから」

教会の敷地は高い壁で覆われていて、人間では太刀打ちできないが、猫ならば話は別。

壁まで連れて行って、アーロンを逃がしてやろう。

二度と来ないようにと言い含めれば、賢いこの子は理解してくれるはずだ。

「本当はお別れなんてしたくないけど」

私は共に行けないのだから、そうするしかない。

突然すぎる別れに胸が痛む。それでもアーロンを逃がしてやらなければと決意した。

アーロンは暢気に毛繕いを始めている。

可愛い仕草だが、二度と見ることはないと思うと、涙が出そうだった。

「アーロン……ん？」

アーロンの背を撫でていると、ぶおん、という聞き慣れない音が頭上から聞こえてきた。なんの音だろうと気になり、つられるように上を見る。

「えっ……⁉」

そこには見たことのない光景が広がっていた。

いつの間にか空がふたつに割れている。青かった空は紫色になり、巨大な魔方陣が浮かんでいた。

「な、何あれ……」

何が起こっているのか分からない。動揺していると、魔方陣から下向きに、白い光が放出された。光は柱となり、こちらに向かって勢いよく落ちてくる。

「嘘でしょ⁉」

その速度は速く、とてもではないが逃げきれない。

咄嗟に叫んだ。

「アーロン、逃げて！」

「……なあ」

アーロンを逃がそうとするも、彼はこの状況を分かっていないのか微動だにしない。このままでは危ないと思った私はアーロンを捕まえ、己の腕の中に抱え込んだ。

私が盾になったところで、アーロンは助からないかもしれない。でも、放置なんてできなかったのだ。

「っ！」

ドンという大きな音と共に白い光が降り注ぐ。

一瞬で視界が真っ白に染まった。

もしかして、侵略が進まないことに苛ついた魔王が聖女を輩出する教会を直接攻撃してきたのかとも思ったが、不思議と痛みの類いはない。

目を瞑る。

今はただ、この訳の分からない時間が過ぎ去るのを待つしかなかった。

「……にゃあ」

どれくらい時間が過ぎただろうか。アーロンが、まるで「退屈だ」とでも言うように声を上げた。それに気づき、おそるおそる顔を上げる。

「え……？」

私は、見慣れない場所にうずくまっていた。

外にいたはずなのに、いつの間にか室内に移動している。

教会とは違う、明るく煌(きら)びやかな広間のような場所。

天井には巨大なシャンデリア。床を見ればキラキラと輝いており、先ほど空に現れたのと同じ魔方陣が描かれていた。

周囲にはたくさんの人がいて、私たちを見ている。

その格好は、多少の違いはあれども、たまに教会に寄付金をくれる貴族たちと似たようなもので、ここはどこかの貴族のお屋敷なのだろうかと思った。

首を傾(かし)げる。

私たちを見ている人々に敵意のようなものはなく、老若男女様々(ろうにゃくなんにょ)だったが、皆、私と同じで困惑しているようだった。

「あの……？」

一体ここはどこで、私はどうしてこんなところにいるのか。

そう尋ねようとした時だった。

「フローラッ！」

「えっ……！」

突然、名前を呼ばれ、右側から抱きつかれた。

全く警戒していなかったので、抵抗が完全に遅れてしまった。

アーロンが私の腕から飛び出し、警戒するような声を上げる。

「キシャーッ！」

「ああ、フローラ。ようやく会えた。ずっとこの時を待っていたよ！」

私をギュウギュウと抱きしめ、感無量とばかりに告げるのは、金髪の男性だった。

抱きつかれているので顔は見えない。

彼は泣きながら「よかった、よかった」と何度も繰り返した。

「シャーッ！」

アーロンが私に抱きつく男の足に勢いよく嚙みつく。男は「いたっ！」と叫んだが、私を放そうとはしなかった。

相変わらず涙を流し「フローラ、フローラ」と私の名前を連呼している。

様子からして人違いでもないようだし、なんだかすごく歓迎されているみたいだけど、それでもこれだけは言わせてほしい。

私は途方に暮れながらも口を開いた。

「あの、失礼ですがどちら様でしょうか」

知り合いでないことだけは確かだろう。

そう思い、告げると、彼は一瞬絶望の表情を見せ、より一層泣き出した。

第二章

たったひとりの聖女

「あの、失礼ですがどちら様でしょうか」

そう告げた私の言葉にショックを受けたらしい男がエグエグと泣く。

泣き声に混じって「私を忘れた……？　嘘だろ。こんなにも探していたのに……」という言葉が聞こえ、首を傾げた。

「あの……」

「……」

男が顔を上げる。

初めてまともに顔を見た。

「あ……」

綺麗な人だった。

透明感のある紫色の瞳が涙に濡れている。

計算し尽くされた美貌は、名のある巨匠の彫像でも見ているかのような気持ちにさせられる。

睫が長い。髪はさらさらで、肩につくくらいの長さがあった。

前髪は後ろに流しており、一筋だけ額に落ちている。それがやけに色気を感じさせ、ドキドキした。

溜息が出るような美しさだが、残念なことに彼の目の下にはひどい隈があった。徹夜でもしたのだろうか。疲れきった表情をしている。

あと、いまだアーロンに噛まれているのに平然としているのも気になる。時々「痛い」とは言っているが、あまり気にしているようには見えないのだ。

アーロンは本気で噛んでいるように見えるのだけど、大丈夫なのだろうか。

それが気になり、声をかけた。

「その……大丈夫ですか？」

「え？」

「いやあの……アーロンが」

「ああ。さっきから噛みついてきてる、こいつ？」

「は、はい。アーロン、放して」

「……」

放すよう命じてみたが、アーロンは知らん顔で男に噛みつき続けている。

男は「大丈夫だよ」と笑い、片手で涙を拭った。

美形が笑うと、もの凄く迫力がある。

「え、えっと……」

「気にしなくても平気。これくらいどうとでもなるから。私の名前はレン。レン・ウィシタ―リア。覚えていないのかもしれないけど、君の幼馴染みだよ」

「えっ……⁉」

幼馴染みという言葉に、今朝方見た夢を思い出す。

声も姿も忘れてしまった友人。もしかして彼がその人だというのだろうか。

「幼馴染みって……」

信じられない気持ちで呟くと、男――レンは私をじっと見つめてきた。そっと手を握られる。

「君は八歳の時に、異世界へと連れ去られたんだ。そして今日、取り戻した。ここは君が生まれた世界。今までいた場所は君にとっては異世界で、故郷でもなんでもなかったんだよ」

「……異世界？」

「そう。怖かったよね。何も分からない世界に突然放り込まれて。今まで苦労してきたんじゃない？　でももう大丈夫だ。私が君を守る。怖い思いはさせないよ」

「……」

異世界という言葉がじわじわと自分の中に広がっていく。

今までいたあの世界が、本来自分がいる場所ではなかったというのは驚いたが、疑おうとは思わなかった。

話しているうちに、昔の記憶を刺激されたからだ。

今まですっかり忘れていた幼馴染みの少年。彼と共に遊んだ記憶を少しだけ思い出した。

紫色の瞳に金色の髪。可愛い女の子のような見た目だった彼は、女性と間違えられることをとても嫌がっていた。

名前はレン。

私はよく彼と手を繋(つな)ぎ、広い庭を駆け回っていたのだけれど、その少年と今、私を見つめている男性の顔が、私の中で一致した。

「……レン？」

確かめるように呼ぶと、レンはパアッと顔を輝かせた。

「そうだよ！　え、思い出してくれたの？」

「……一緒に庭を駆け回ったことは。あと、顔も少しだけ。女の子みたいだったのに、すっかり男の子になったのね」

昔を思い出しながら告げる。レンは口を尖(とが)らせた。

「参ったな。まさかのそこを思い出しちゃうんだ。でもうん、そのレンで正解だよ。……ね、自分の世界に戻ってきたんだと信じてくれた？」

「……うん」

小さく頷(うなず)く。

幼少時代の記憶を思い出したのだ。その記憶と彼の言動が一致する以上、レンの言っていることは正しいのだろう。

とはいえ、あまり実感はないのだけれど。

周囲を見回す。

レンの他に、たくさんの大人たちがいた。皆――なんだろう。期待するような目で私を見ている。

それが妙にひっかかった。

レンを見る。

彼は純粋に私との再会を喜んでくれているように思えた。でも、たぶん、大人たちは違う。何か他に目的があるのだ。

考えてみれば異世界召喚なんて大規模魔法を、どうでもいい個人を連れ戻すために十年も経って使おうという話になるだろうか。

皆にもメリットがなければ、連れ戻そうなどという話にはならないはず。

そう思った私はレンに聞いた。

「……どうして迎えにきてくれたの？」

「え……？」

「異世界に連れ去られた私を迎えにきてくれたというのは分かったわ。でも、たぶん、異世界召喚ってすごく大がかりな魔法なのよね？　それをわざわざ、十年も経ってからしてくれた理由は何？」

「……理由って」

「あるんでしょ。分かってるわ。私をわざわざ連れ戻した理由」

「……そう、だね」

強めの口調で告げると、レンは俯き、小さく頷いた。

そうして話し始める。

「……うちの国、ウィシターリア王国は、ここ五年ほど、魔物と呼ばれるモンスターの被害に苦しめられているんだよ。魔物は皆強くて、とても硬い。ひとりふたりでは太刀打ちできなくて、いつも騎士団が出動してる」

「ん？　ウィシターリア王国？」

さっき聞いたレンの名字と同じだ。不思議に思い、首を傾げる。レンがあっさりと言った。

「あ、そこはまだ思い出してない？　私はこの国の王子だよ。一応王太子ってことになってる」

「え……」

「ウィシターリア王国、第一王子レン。それが私」

「レン……王子様なの？」

「うん。ちなみに君が今いるのは、ウィシターリアのメインベルト城。その大広間だったりする」

「お城!?」

城にいるのだと聞き、ギョッとした。

煌びやかな場所だとは思ったが、まさかお城にいたなんて。

「他に適当な召喚場所がなかったからね。ここが一番、召喚するのに安定するから父上の許可をもらって使用したんだ」

「わ、私お城にいる……んですか……」

慌てて口調を改める。

王子と知ってしまったからには友達口調など許されないだろう。というか、アーロンがいまだレンに噛みついていることは大問題なのではないか。

だって相手は王子様だ。下手をすれば不敬罪。

恐ろしすぎる事実に青ざめ、急いでアーロンを引き剝がす。アーロンは抵抗したが、私が本気であることを悟ると、渋々レンを噛むのを止めて隣にやってきた。

尻尾が地面を叩いているので、おそらく不満なのだろう。頼むから、何もしないでほしい。

「ご、ごめんなさい。い、いえ、失礼いたしました。レン殿下」

急いで敬語に改めると、レンが嫌そうな顔をした。

「やめてよ。君に敬語なんて使われたくない」

「で、でも……」

「私たちは幼馴染みだよ。君は覚えていないかもしれないけど、すごく親しい間柄だった。もちろん敬語なんて使わなかったし、今も必要ない。誰にも文句なんて言わせないし、そもそも言わないよ。だから、ね？」

じーっと見つめられる。断ることは許さないぞという目が辛い。

直視できなくて、そっと逸らした。

「そう言われても……王子様なんでしょう？」

「今更そんなところで線引きしないでよ。昔からの仲なのに。距離を置かれた気持ちになるし、すごく悲しくなる。その猫のことも気にしてないからさ。ね？」

「……う、分かったわ」

アーロンが噛みついたことは不問にするから敬語はやめろという声なき声を言外に感じ取った私は、仕方なく降参した。

アーロンのことを引き合いに出されては、何も言えないと思ったのだ。

私を守るためとはいえ、王子様に噛みついたのは事実だし。

ふーっと息を吐き出す。

レンがにっこり笑って言った。

「よかった、分かってくれて。ええっと、それで、どこまで話したかな」

自分の意向が通ったのが嬉しいのだろう。笑顔で話を戻してきたレンに答える。

「……お城にいるって話と、あと、魔物がいるってところまで。ええと、この世界にも魔王とかがいるのかしら」

前にいた世界と同じで、魔王が人間の世界を侵略しようとしているのだろうか。

そう思ったが、レンは否定した。

「いや、リーダーのような存在はいないよ。魔物だけだ。でも、彼らは突然発生して、集団で襲いかかってくる。その数は年々増え、被害も甚大。今は何かしら対策を取らねばどうしようもないというところまで追い詰められている状態かな」

「発生ってどういう意味？」

ピンとこなかったので聞いてみる。

前の世界では、魔物は魔王が生み出していたのだ。そう言うと、レンは「分かりやすくていいな」と渋い顔をした。

「こちらは結構キツイよ。彼らは突然、現れるんだ。本当になんの予兆もなく、ね。ある日突然、空間が裂け、その歪みから大量発生する。それを私たちは発生と呼んでる」

「突然現れるの？　……怖い」

そんなのどうしようもないではないかと思ったが、レンはあまり問題にしていないようだった。

「発生場所は大体決まっているし常に見張っているから、そこまで怖がらなくても大丈夫だよ。でも、頻度と数が多くてね」

「……相当まずかったりする？」

言い方的に厳しいのかと察し、尋ねる。

「うん。このままでは国が滅ぼされてしまうかもってくらいにはね。だからそうさせないためにも、私たちはとある方策を取ることを決めた。……聖女を頼ることにしたんだ」

「聖女……」

嫌な言葉を聞き、眉を寄せた。

十年もの間、聖女候補だった私だ。ある意味一番嫌いな言葉かもしれない。

こちらの聖女と向こうの聖女が同じ役割を持つとは限らないが、言葉だけでも強い拒否感があった。

嫌な顔をする私にレンは気づかない。

「皆の傷を癒やして聖獣を操り、国を守る存在。それが聖女。この世界にはね、どの国にも必ずひとり、聖女と呼ばれる特別な力を持つ女性が存在するんだ。彼女たちの力は圧倒的で、魔物程度ものともしない。実際、他国は魔物退治に聖女が出動しているしね。でもその聖女がうちの国にはいない。どうしてか分かる？」

「……亡くなった、とか？」

流行病（はやりやまい）とかならどうしようもないのではと思い、告げる。レンは「違うよ」と静かに否定した。

「うちの国の聖女と見なされていた女性が、十年前に異世界に連れ去られたから。だからいない」

「え、それって……」

『十年前』と『異世界』というキーワードにドキッとする。

否定してほしかったが、レンは「そのとおり」と肯定した。

「君がうちの国の聖女。君が異世界に攫われたと分かった当時、国は大騒ぎになったよ。なにせ、国にたったひとりしか現れない聖女だ。当然連れ戻そうという話が出た。でも、当時はまだ異世界召喚については方法が確立されていなくて、しかもその時はまだ平和で、魔物だって現れてもなかったんだよね。だから、無理をする必要はないのではという意見が大半を占めたんだ」

「……」

周囲を見回す。皆、気まずそうに私から視線を逸らした。

「もちろん、私は猛反対した。大切な友人が攫われたんだ。なんとしても取り返したいのが当たり前。だけど、異世界召喚ができない以上、君を取り戻すことは不可能に近い。皆に説得されて泣く泣く諦めたよ。……それから五年。魔物が現れ、国土を荒らし始めた。今こそ聖女に頼る時。事情を知らない国民たちは聖女の出動を期待した」

都合がいい話だと思ったが、そんなものだろうと冷静に判断する自分がいることも確かだった。

勇者という存在に頼る向こうの世界を知っていたからかもしれない。

私も、それを疑問に思わなかった。いつか勇者が魔王を倒し、世界を平和にしてくれると信じていた。

聖女を信じるこちらの世界の人たちとやっていることは変わらない。

レンが話を続ける。

「国としても異論はない。というか、それしか方法がなかった。でも、頼みの綱の聖女は異世界にいる。どうにかして連れ戻さなければならない。そこで皆が頼ったのが私だ」

「レン？」

「この世界で一番異世界召喚について詳しいのが私だからね。私は君を失ってからずっと、異世界召喚について独自に研究を重ねてきた。皆が諦めても私は諦めない。いつか絶対に君を取り戻す。そう決めていたから」

伝えられた言葉を聞き、胸が熱くなる。

皆が諦めた中、彼だけは私を諦めないでくれたのか。

私のために彼が努力し続けてくれたことを知り、すごく嬉しく思った。

「研究を始めて七年目くらいかな。父上に声をかけられて、聖女奪還のために力を借りたいと言われた。今まで放置していたくせに都合がいいとは思ったけど、一分一秒でも早く君を取り戻したい私にとっては渡りに船。それから更に三年研究を重ね、ついに今日、皆の協力を得て異世界召喚を実行したというわけなんだ」

「……」

「十年というのは、単純に異世界召喚を確立するまでにかかった時間。もっと早く助けられればよかったんだけどね。それは私のせいだ。ごめん」

謝られ、目を瞬かせた。慌てて言う。

「あ、謝らないで。方法が確立されていなかったのなら時間がかかるのは当然だし」

それにレンはずっと努力し続けてくれた。

彼のことを私は忘れかけていたのに、レンは違った。

むしろ謝らないといけないのは私の方だ。

「十年も、なんて責めるみたいな言い方をしてしまってごめんなさい」

「いや、君は何も悪くない。でもね、研究を進められたのは皆の協力があったからというのは事実なんだ。そしてどうして協力してくれたのかは今、説明した通り。君が我が国の聖女だから。聖女に助けてもらいたい。その気持ちがあったから、皆は協力してくれたんだよ」

「……そう」

レンの言葉に頷く。

皆が私に向けていた視線の正体。それは聖女としての働きを期待するものだったのだ。

たまらず、息を吐き出す。

——ここにきても、聖女かあ……。

なんとも言えない諦観(ていかん)があった。

向こうの世界で落ちこぼれ聖女候補だった私。でもまさか戻ってきてまで聖女であることを期待されるとは思いもしなかった。

世界は違っても、十年間を聖女候補として過ごした黒歴史があるだけに、皆の期待に応えられる気がしない。

──私、どうしよう……。

不安で身体が小さく震える。怯えていると、私たちを取り巻く人々の中から「フローラ！」という声がした。

「え」

反射的にそちらを向く。

仕立てのいい貴族服を着た男女が泣き濡れた目で私を見ていた。

「……誰？」

目を瞬かせる。そんな私にレンが耳打ちした。

「覚えていない？　君のご両親。リンベルト公爵夫妻だよ」

「えっ……」

慌ててもう一度、彼らを見る。

三十代後半くらいに見える夫婦、彼らが私の両親だというのか。

でも母と思われる女性は、なんだか私と似ているような気がした。薄い茶色の髪と青い目も同じだ。

「あ、あの……私……」

なんと声をかければいいのだろう。戸惑っていると、母が駆け寄ってきた。

レンが苦笑し、私から離れる。

アーロンは動かない。どうやら害を与える存在ではないと判断したようだ。

母が目の前に立つ。そうして私を抱きしめると、泣きながら何度も名前を呼んだ。

「ああ、フローラ！　私の娘。よく、よく無事で……！」

涙を流す母の姿を呆然と見つめる。遅れてやってきた父らしき男性も私に言った。

「異世界に攫われたと聞いて十年。どんなに心配したか」

父を見れば、その目は赤くなっていた。彼の目も私と同じ青色だ。夏の青空を思い起こさせる色。

「本当に、心配したんだぞ。なかなか連れ戻してやれなくて本当にすまなかった」

父が私の頭をゆっくりと撫でる。その仕草と優しい声音に記憶が刺激された。

幼い頃、父がよく頭を撫でてくれたことを思い出したのだ。その側で微笑んでいた母のことも。

「お父……様？　お母様？」

目をパチクリとさせる。両親がハッとしたように私を見た。

「フローラ……私たちのことを覚えているのか？」

「フローラ？　本当？　本当に私たちのことを覚えているの？」

「は、はい」

ふたりの圧のすごさに驚きながらも頷く。少し思い出せば、あとは芋づる式に記憶は蘇る。

私が覚えているふたりはもう少し若かったけれど、そこまで姿形は変わっていない。だからか、わりとすんなり両親だと認識できた。

そしてレンに引き続き、両親を思い出したことで、ようやく自分が『戻ってきた』のだと強く実感できた。

「そっか……」

両親を見る。

彼らの喜び方は、他の大人たちとは違った。

聖女であることを期待しているのではない。

レンと同じで、私が帰ってきたことを純粋に喜んでくれている。

そのことがとても嬉しかったし、心底ホッとした。

まだ泣いている母を父が優しく宥め、私から引き剝がす。

「ほら、まだ殿下がお話をされている最中だろう。帰ってきたんだから、これからいくらでも話せる。だから今は離れなさい」

「……はい」

母は涙を拭い、レンに頭を下げた。

「娘の姿を見て、我慢できず飛び出してしまいました。申し訳ありません」

「いいよ。気持ちは分かるし、君たちにも色々と協力してもらったからね。また、家族で話せる機会を作るから、今は譲ってくれるかな」

「ありがとうございます」

両親が再度レンに頭を下げ、私たちから離れた。

いくら親だといっても、王子を差し置いて自分たちがというわけにはいかないのだろう。

私としても両親と話したかったが、今は仕方ないのだと空気を読んで諦めた。

レンの話では、家族と会える機会を作ってくれるみたいだし、それを楽しみにしていよう。

「……えーと、それで、なんだけど」

レンが仕切り直すように話しかけてくる。

聖女話の続きなのだろう。それを察し、申し訳ないと思いつつも、先に口を開いた。

「ごめんなさい。せっかく連れ戻してくれたのに悪いんだけど、たぶん私は聖女ではないと思う」

「え？」

レンがポカンと口を開く。何を言われたのか分からないという顔だ。

そんな彼にはっきりと告げた。

「だって私にそんな記憶はないもの。期待してくれているのは分かるけど、応えられないと思う」

確かに前の世界では聖女候補として過ごしていた。だが、私は落ちこぼれで、十年かけても聖女になれなかったような女だ。

「きっと聖女は私ではなくて、別の人じゃないかしら」

なんとか否定したくてそう口にする。

前の世界では、女性で適性さえあれば、聖女候補になれたのだ。

私も適性があったから、教会に連れて行かれた。

まあ、結果は知っての通りだけど。

「君だよ」

己の無能さを思い出し、遠い目をしていると、我に返ったレンがはっきりと言った。

「我が国の聖女は君だ。それははっきりとしている」

「どうして断言できるの。勘違いってこともあるでしょう？」

「ないよ」

「だから、どうして」

首を横に振るレンを見つめる。彼は息を吐き、私に言った。

「信じたくないのかもしれないけど、君が聖女だ。……聖女には生まれつき、聖痕と呼ばれるものが背中にある。羽のような形をした痣。……覚えはない？」

「……っ！」

目を見張った。

レンの言う痣が、確かに己の背にあることを知っていたからだ。

「君が生まれた時、痣についてはご両親が確認している。聖女が誕生すれば国に報告するのは義務だ。そして今現在、我が国で聖痕を確認されているのは君だけ。君がこの国の聖女で間違っていないいんだよ」

「そんな……」

「戻ってきていきなり聖女だなんて言われて、混乱する気持ちは分かる。でも、君なんだ。それだけは否定できない」

「……」

自分を守るように両手で己を抱きしめる。

背中の痣。皆に気味が悪いと言われ続けてきた六枚羽の痣。

それがこちらの世界では聖女の証になるなんて知らなかった。

「私……」

身体が震える。

せっかく戻ってきたというのに、また聖女として皆の期待を背負わなければならない事実が怖くて仕方ない。

しかも今回は、他に候補がいるわけではないのだ。

私ひとりだけ。

つまり、失敗は許されないということで。

「……」

――どうしよう。

聖女として成功できるヴィジョンが全く見えない。

また、皆に期待外れだという顔をされるのではないだろうか。

「……にゃん」

「アーロン」

足下に目を向けると、アーロンがぴったりと擦(す)り寄っていた。

たまらずアーロンを抱え上げる。

不安を少しでも軽減したかったのだ。

そのまま何も言わずじっとしていると、周囲の声が聞こえてくる。

「よかった。我が国の聖女がお戻りになられた」

「これで魔物がきても安心だな。我が国には聖女がおられるのだから」

「本当によかった。聖女様々だ」

「……」

皆、異世界から聖女が戻ったことを喜び、安堵(あんど)している。

誰も私が失敗するかもなんて思っていない。

それがどうにも恐ろしい。

前の世界で期待を裏切り続けた経験があるからこそ、素直な気持ちで彼らを見ることができなかった。

「大丈夫、私がいるから。きっと上手く行くよ」

レンが励ますように声をかけてくれたが、残念ながらその言葉は私の心には響かなかった。

第三章

優しい人

「じゃ、そういうことで」

レンが解散を促すように軽く手を上げる。

それに従い、皆はぞろぞろと部屋から出ていった。

貴族たちは、私に早速聖女としての活躍を期待したが、帰ってきたばかりの聖女を落ち着かせるのが先だとレンが主張したのだ。

私としてもひとりになって色々考えたいところだったので、彼の言葉は有り難かった。

両親は私を公爵邸へ連れて帰りたがったが、それは叶わなかった。

レンたちから、お城に滞在して一日も早く、聖女としての活動ができるように修業してほしいと言われたからだ。それには両親も仕方がないと頷いていた。

「お務めを果たせるように頑張ってね」

そう言って、彼らも帰って行った。

正直、聖女云々の話から逃れたかったので、連れて行ってほしかったというのが本音だ。

王家にダメと言われたら、引き下がるしかないのは異世界生活の長かった私にも分かるのだけれど。

ただ、お城に滞在するにあたり、ひとつだけ条件を付けさせてもらった。

それはアーロンも一緒にということ。

偶然だけど、異世界から一緒に連れてきてしまったアーロン。

彼は間違いなく、異世界産の動物——猫だ。しかも私に巻き込まれた形で、それこそ彼にとっては異世界でしかない場所にきてしまった。

私には彼を幸せにする責任があるし、野放しなどとんでもない。

だからアーロンが一緒でなければ嫌だと、そこだけは絶対に譲れなかったのだけれど、心配は杞憂に終わった。驚くほどあっさりと許可してくれたのだ。

「君がずっと一緒にいた相棒なんだろう？　引き離すようなことはしないよ」と。

アーロンがいることで心を保っていたところも大いにあったので、レンの言葉は本当に有り難かった。

アーロンも最初こそレンに噛みついていたが、彼が私に対し好意的に接しているのが分かってからは、特に攻撃はしなくなった。

今は私のすぐ側で機嫌よく毛繕いしている。

「さ、君の部屋に案内するよ」

皆が去って、ひと息吐いたところで唯一残っていたレンが笑顔で告げた。

「その服も着替えたいだろう？」

「え、あ……」

レンに指摘され、気まずい気持ちになる。

私が着ているのは、向こうの教会で支給された修道服だ。しかも何年も同じものを着続けているので、相当古びてしまっている。

外仕事もするから、ほつれも多い。一応、繕(つくろ)いはしているが、素人(しろうと)の手なので、ところどころに粗がある。

綺麗(きれい)な服を着ているレンたちから見れば、相当見窄(みすぼ)らしい格好だろう。

「ご、ごめんなさい」

思わず謝ると、レンは不思議そうな顔をした。

「どうして謝るの？」

「え……私が見窄らしいから着替えた方がいいって言ったんじゃないの？」

疑問をぶつけられ、戸惑いつつも答えた。レンが否定する。

「いや、そういう意味で言ったんじゃないよ。普通に、着替えたいんじゃないかって思っただけなんだ。その、服に泥がついているし」

「あ、それは外仕事をしていたから」

井戸で水くみをしていたのだと告げれば、レンは怒りで眉を吊(つ)り上げた。

「は？　君に水くみをさせていたの⁉　うちの聖女で公爵令嬢の君を？　信じられないんだけど」

「その……私は落ちこぼれで役立たずだったから。向こうでも私、聖女候補で……」

「聖女候補？　聖女に候補なんてあるの？」

「えっと……」

興味が勝ったのだろう。とりあえず怒りを収めたレンが聞いてくる。私は簡単に向こうの世界のことを話した。

魔王がいて、勇者と聖女が討伐するべく、日々頑張っていること。

適性さえあれば聖女候補とみなされ、修業すれば大抵は皆、聖女になれること。

そしてその中で私は十年間、聖女候補のままの出来損ないで、教会の中で外仕事を引き受けていたことなどを説明した。

「聖女になれない、ただ飯食らいだもの。皆の嫌がる仕事くらいやらないと」

「君はうちの国の聖女だ。異世界の聖女になれないのは当然だよ」

「……そうかもね」

話を聞いたレンがフォローしてくれたが、それには苦笑で返すしかなかった。

彼の言うとおりだとしても、十年、なんの成果も得られなかったことは事実なのだ。

虐められれば抵抗したし、仕返しだって躊躇わないが、聖女になれと連れてこられたのにそうなれなかったことは申し訳ないと思っているし、自分でも意外なくらい気にしている。

聖女候補の中にはわずか一週間ほどで聖女としての力を発揮し、勇者に選ばれて出て行く者もいたのだ。

彼女たちを見送りながら、私はいつだって「いいな」と思っていた。

私だって聖女候補なのだ。連れてこられたからにはきちんと聖女として働きたい。そう願っていた。叶えられることはなかったけど。

私が暗い気持ちになったのが分かったのだろう。レンが場の雰囲気を明るくするような声を出した。

「ほら、君の部屋に案内するよ。ドレスと、あと靴とかアクセサリーも一式揃えているから、好きなのを使って。中にあるものは全部君の好きにしていいからね」

「……ありがとう」

「その……ごめん。考えなしに着替えればいいなんて発言をしてしまって。事情を知らなかったとはいえ、配慮のないことを言った」

申し訳なさそうに謝られ、首を横に振った。

言葉に悪意がなかったことは分かっているからだ。

「大丈夫。気にしてないから。それに正直、着替えられるのは嬉しい。ほら、靴なんてボロボロで、どうしようかって困ってたんだから」

靴が見えるように、少しだけ足を上げる。

壊れかけた靴を見たレンが痛ましげな顔をした。

そんな顔をさせたいわけではなかったので誤魔化すように言う。

「気にしないで。えっと、もう分かっているだろうから話すけど、向こうの世界にはいい思い出が本当になくて。帰ってきたって聞かされて、向こうが自分のいるべき世界じゃなかったんだって実感して、本当にホッとしたもの」

あちらの世界で、私はどうしようもなく孤立していたし、行き場がなかった。

だから戻ってきたのだと実感できた時、本当に嬉しかったのだ。

私の居場所はこちら側にあった。もう、向こうに戻らなくていいんだと思い、心が軽くなった。

私にとって向こうで大切だと思えたのは飼い猫のアーロンだけで、そのアーロンは偶然だけど一緒にこの世界にきている。

それなら何も心配することはない。

いいや、聖女云々についてはやっぱり悩ましいのだけれど、それでも教会で毎日を過ごす生活よりはマシなはず。

ここには両親も、幼馴染(おさなじ)みもいるのだから。

広間を出て、廊下に出る。アーロンも私についてきた。

何も言わずとも、自分が側にいてもいいと理解しているようだ。

相変わらず賢い。

「うわあ……」

目の前に広がった光景を見て、感嘆の声が出た。

壁も天井も床も全てが黄金で彩られ、キラキラと輝いている。

よく見れば、壁と天井には彫刻がされてあった。何かテーマがあるのだろうか。大きな羽のある天使がラッパを持っていた。

「綺麗……」

向こうではお城に行ったことなどなかったので、初めて見る煌(きら)びやかな世界に心が躍る。

「すごいわね。天井画なんて初めて見たわ」

「うちの城は五百年以上前に建築されたものだからね。もはや歴史的建造物扱いだよ」

「天使がラッパを持っているわ」

「神話の一幕を描いたものだね。聖獣を祝福するシーンだ」

「へえ……」

聖獣とはなんだろうと気になったが、わざわざ聞かなくてもいいかと思い、聞き流した。

レンの案内で、廊下を歩く。

廊下には兵士が等間隔に立っており、私たちを見ると、敬礼してくれた。

初めはギョッとしたが、王子であるレンに挨拶(あいさつ)しているのだと理解してからはスルーすることができた。

そのレンは終始ニコニコしていて、見ているこちらが恥ずかしくなるくらいだ。

「レン、ご機嫌ね」

「うん。フローラと一緒だからね。ようやく君が戻ってきたんだ。多少はしゃいでも仕方ないと思わない？」

さらりと告げられる言葉に顔が赤くなった。

私が知っているのは、子供時代のレンだ。

昔の彼も綺麗な少年だったが、大人になった今では子供の頃の頼りなげな感じがなくなり、中性的ではあるものの、すっかり素敵な男の人になっていた。

幼いレンが大人になったら……という成長の仕方なので、違和感はないのだけれど、今の彼はとても格好いいのだ。誰もが振り返る美形といって間違いない。

そんな人に「帰ってきて嬉しい」なんて言われたら、どうしたって照れくさい気持ちになってしまう。

しかも、レンは私の初恋の人でもあるのだ。

昔、まだこちらの世界にいた時に好きだった初恋の幼馴染み。それがレンで、彼が今も優しくしてくれることが幸せだった。

「ありがとう。その……私も帰ってこられて嬉しいわ。レンと再会できたのも嬉しい」

「本当？　よかった、嬉しいのが私だけでなくて。実はさ、結構心配していたんだ。もし君が向こうの世界を気に入っていたらどうしようって。向こうに帰して、なんて泣かれても帰してあげられないのにって」

「大丈夫、そんなこと言わないから」

軽口を叩き合う。

話しているうちに、少しずつ昔の距離感を思い出してきた。そうだ。私たちは友人同士で、こんな風にお互い言いたいことを言い合って遊んでいた。

向こうの世界には友人と呼べる人がいなかったから忘れていたけど、何気ない会話をできる相手が私にもいたのだ。

それを素直に嬉しいと思う。

優しくしてくれること、親しくしてくれること。それら全て、向こうでは決して得られなかったものだった。

しかし、記憶にあった幼馴染みの男の子が、まさか王子様だとは驚きだ。

じっとレンを見つめる。視線に気づいた彼が小首を傾げた。

「ん？　何？　私の顔に何かついてる？」

「う、ううん。違うの。え、えーと……そういえばレンは、私を取り戻そうってずっと頑張ってくれていたのよね？　その、ありがとう」

お礼を言っていなかったと思い出し、口にする。

誰もが諦めた中、当時はまだ確立されていなかった異世界召喚の研究をし、私を助けようと足掻いてくれたのはレンなのだ。彼がずっと諦めなかったお陰で、今、私はここにいる。

「本当に感謝しているわ」

「お礼なんて要らないよ。好きな子が目の前で異世界に連れ去られたんだ。なんとしても取り戻したいと思うのは当たり前だし」

「えっ……」

さらりと告げられた言葉に息を呑んだ。

——好きな子？　今好きな子って言った？

まさか、レンが私を？

ドキドキしつつも、なんとか動揺を押し隠し、口を開く。

「す……好きな子っていうのは……？」

スルーするのが正解かと思ったが、できなかった。

だって、私もレンが初恋の人だったから。

おそるおそる聞くと、レンが当然のように告げる。

「ん？　当時から君のことが好きだったからね。お嫁さんになってほしいなって思ってたし」

「……そ、そう」

お嫁さんの言葉に、顔が勝手に赤くなる。

どうやら私の幼い恋心は成就していたらしい。なんとなく気恥ずかしい気持ちになっていると、レンが言った。

「君を忘れたことは、この十年の間、一度だってないよ。そしてもちろん、今も君を愛してる」

「えっ……」

「子供の恋だって馬鹿にしないでよ。ずっとずっと君を想って、君を取り戻したいと願って生きてきたんだから」

「……」

真剣な声音と表情から、茶化してくれるなという声なき声が聞こえた気がした。

「フローラ」

「えっ、あっ、え、ええ。馬鹿になんてしないわ」

慌てて頷く。

そんなことできるはずがない。

だって彼は十年という短くない時間を私のために注いできたのだ。

それを否定することはできなかったし、彼の言葉に心揺さぶられた自分がいることに気づいていたから。

——ずっと、私のことを想ってくれていたの？

歓喜の感情が湧き上がる。

何せ向こうの世界では私を案じてくれる人なんてアーロン以外にいなかったから。

だけどレンは十年間私をずっと想い続け、ついにはこちらに連れ戻してくれたのだ。

それだけ長い間想われていた事実に胸がいっぱいになり、満たされた心地になった。

「帰ってきたばかりの君に、すぐに返事をしろとは言わないよ。昔と今では違うことも分かってる。でも、私が君のことを好きだってことは忘れないでほしいな」

　私を思い遣ってくれる言葉が嬉しかった。小さく頷くと、レンが続ける。

「すぐにでも聖女としての訓練が始まると思う。でも、私がいるから心配しないで。側にいる。いつだって頼ってくれて構わない」

「聖女の訓練……」

　レンの言葉を聞き、ホワホワと温かかった心が、急に現実に引き戻された気がした。

　――そうだ。聖女。

　その問題があった。

　私は聖女としての価値を認められたから、連れ戻してもらえたのだ。

「私……」

　無意識に顔が引き攣る。身体が震える。そんな私をレンが励ました。

「大丈夫だよ。さっきも言ったとおり、向こうで上手くいかなかったのは、君がこちらの聖女だったから。それに、最初から上手くいく人なんてそうはいない。焦らずやればいい。気にしなくていいんだ」

「……そう、ね」

　返事をする。

　レンはそう言ってくれるが、気にしないでいられるはずもなかった。

「あ、この部屋だよ」

気まずくなってしまったと思っていると、レンが階段横にある扉の前で立ち止まった。

私に目を向け、開けるよう促す。

「君の部屋だ。どうぞ。鍵はかかっていないから」

「……ありがとう」

扉を開ける。私より先に、アーロンが飛び込んで行った。

「わ……」

今までの教会での自室の数倍広い部屋に目を見張る。

床にはオレンジ色の真新しい絨毯(じゅうたん)が敷かれている。天井にはシャンデリアが吊り下がっており、明かりが灯(とも)っていた。

クローゼットや化粧台、小物を入れるチェストもあった。

可愛らしいソファにテーブル。本棚には本がぎっしり詰まっている。

窓には、白いカーテンがかかっていた。

「素敵……」

アーロンがソファの上に乗っている。気に入ったのだろう。丸くなって昼寝を始めた。

「アーロンも気に入ったみたい」

「君も?」

「ええ、私も」

こんな素敵な部屋、気に入らないはずがない。以前とは天と地ほども違う。

大きく頷くと、レンはホッと胸を撫(な)で下ろした。

「それはよかった。あ、寝室は、奥にある扉の先。あと、鍵は外からも内からもかけられる。鍵はこれ。マスターキーはあるけど、女官長が管理しているし、緊急時以外、勝手に使われることはないよ」

「鍵？」

「プライバシーは大切にしないといけないからね」

そう言って、鍵を手渡される。

教会の部屋には鍵なんてなく、時々教主様(きょうしゅ)がやってきては怒鳴り散らしていったので、ものすごく嫌だったのだ。鍵があればなあとずっと思っていた。

「あ、ありがとう……」

心からお礼を告げると、レンはにっこりと笑った。

「ゆっくり休んで。何か欲しいものがあれば、テーブルの上にあるベルを鳴らせばいいから」

「ベル？」

示された場所を見ると、確かにそこには黄色いベルが置いてあった。

「鳴らせば女官がくる。お茶でもお菓子でもなんでも頼むといいよ。あ、君さえよければ夕食を

「一緒にどうかな？」

「ぜひ」

知っている人と一緒なのは助かる。それに私には、まだこちらの世界の常識が分からないから。

頷くと、レンは嬉しげに笑った。

「じゃあ、時間になったら呼びにくるよ。……フローラ、君に再会できて本当によかった。正直、まだ夢じゃないかって思っているくらいだ」

「夢だなんて」

大袈裟だ。そう思ったがレンは首を緩く横に振った。

「それくらい嬉しいってこと。じゃああとでね」

片手を上げ、部屋を出て行く。扉が閉まり、私は反射的に鍵をかけた。

「……」

カチリという音がする。その瞬間、全身から力が抜けた。

ずるずるとその場に座り込む。気の抜けたような声が出た。

「はあああ……」

無意識に緊張していたのだ。

だって帰ってきたとはいえ、私にとっては見知らぬ場所。

レンだって幼馴染みだけど、十年ぶりの再会。緊張するなという方が無理である。

「……」

絨毯の上で座り込んだまま、周囲を観察する。

暖色系で纏められた室内は、居心地のよい雰囲気があった。今、触れている絨毯もフワフワで、この上で眠れそうなくらい。

アーロンがソファから飛び降り、私の方へとやってきた。手を伸ばし、彼を抱きしめる。

いつものアーロンの手触りに、心底ホッとした自分がいた。

「……私、帰ってきたんだって」

アーロンを抱きしめ、呟く。

「あっちの世界は私の本来いるべき場所じゃなかったんだって」

アーロンに言っているつもりはなかった。

どちらかというと、自分に言い聞かせているような、そんな感じ。

アーロンが黙って抱きしめられてくれているのをいいことに、ひとり話を続ける。

「……私、聖女なんだって」

言ったあと、口がへの字に曲がった。

それを自覚しつつも、再度口を開く。

「出来損ないの落ちこぼれ聖女候補でしかなかった私が、こっちではたったひとりの聖女なんだって。嘘みたいでしょ」

嘘ならよかったのに、と続ける。

迎えにきてくれたのは嬉しかった。もうあの場所に帰らなくていいのも有り難かった。

でも、どうして『また』聖女なのか。

私はもう聖女なんて、二度とごめんだと思っているのに。

最初あった期待が失望に変わる瞬間を知っている。

その視線がどんなに苦しいものなのか知っている。

あれをもう一度受けるのだろうか。

今度こそ逃げ場のないこの世界で。

「それは……嫌だなあ」

私が戻ってきたことを心から喜んでくれたレンと両親を思い出す。

彼らだけは私が聖女であることとは関係なく、純粋に帰還したことを喜んでくれたように思えた。

その彼らにだけは失望されたくない。

そして失望されたくないのなら、死ぬ気で頑張るしかなかった。

「やっていける気はしないけど」

でも、私を好きだと言ってくれたレンに「がっかりした」とは言われたくないから。私の帰りを喜んでくれた両親の顔を曇らせたくはないから。

「やるしかないのかなあ」

口にすればするほど、気が重くなる。

外の景色が少しずつ暗くなっていく。その変化はまるで私の心の動きと同じみたいで、ものすごく憂鬱（ゆううつ）な気分になった。

◇◇◇

「フローラ？」

「っ!?」

扉のノック音とレンの声で目が覚めた。

どうやらあのまま絨毯の上で眠っていたようだ。

考え事をしているうちに、疲れに負けて寝てしまったのだろう。

身体のあちこちが痛かった。

「あいたた……ベッドがあるのに床の上で寝るとか……」

腰を押さえながら立ち上がる。

もう一度ノックが響いた。

「フローラ？」

「あ、ごめんなさい。ちょっと眠っていたみたいで……もしかしてもう夕食の時間だったりする？」

気づけば、室内は薄暗くなっている。

腕の中にいたはずのアーロンは、ソファの上で眠っていた。

居心地のよい場所に移動したのだろう。

私も起こしてくれたらよかったのにと、少し恨めしく思いつつレンに返事をすると、扉の向こうから声が返ってきた。

「まだ時間はあるから大丈夫だけど。その、着替えは済んだ？　もし分からないこととかあれば、聞いてくれれば教えるけど」

「まずはひとりでやってみる。その、悪いけど少し待っていてくれるかしら」

さすがに着替えについて、男性に教えてもらうのは恥ずかしい。

待たせていることを申し訳なく思いながらも、寝室に向かい、クローゼットを開けてみた。

「……可愛い」

入っていたドレスは白を基調とした清楚な雰囲気のものが多かった。

その中の一着を手に取る。

Aラインのロングドレスは七分袖でハイネック。肌見せが殆どなく、レースがふんだんに使われていた。

ドレスなんて自分で着られるかと心配だったが、意外にもすんなり着替えられた。

たぶん、身体が覚えていたのだろう。

昔取った杵柄（きねづか）というやつだ。

細かいレースが目を引くドレスの生地は柔らかく、修道服のゴワゴワした着心地とは全然違う。

新しい靴も下ろしてみた。履き心地がよく、今までのものとは大違いだった。

白いパンプスは、足に合っているので歩きやすい。

ブラシがあったので背中の中程まである長い髪を丁寧に梳（す）いた。結い上げた方がいいのかなとも思ったが、やり方が分からないので断念した。癖のないストレートだし見苦しくはないだろう。

メイク道具も見つけたけど、やっぱりどうすればいいのか分からず諦めた。

「……別に変、じゃないわよね？」

姿見を見つめ、呟（つぶや）く。

そこには綺麗（きれい）な格好に身を包んだ私が映っていた。

似合っているとは思うけど、ドレスなんてそれこそ十年ぶりなので妙に落ち着かない。

あと、やっぱりメイクをしていないのが気になった。

「いや、でも、分からないのに無理にするのも変よね……」

教会ではメイクする機会すらなかったのだ。

当然、どうすればいいのかも分からない。

それにレンが待っているので、あまり時間をかけられないという問題もあった。

仕方ないと着替えを終わらせる。

ソファに丸まっていたアーロンに声をかけた。

「アーロンもくる？」

「にゃあ」

行かない、という風にアーロンが返事をする。

そうしてソファから立ち上がると、伸びをし、床へ飛び降りた。

窓の側に行き、私の方を見る。

「え、開けろって？」

「にゃあ」

どうやらひとりで散歩がしたいらしい。

いや、もしかしたら、食事を獲りたいのかも。

そう察した私は、急ぎ窓を開けた。アーロンが窓から外に出る。

「行ってらっしゃい。扉は開けたままにしておくからね」

「なあん」

まるで分かったと言うようにアーロンが返事をする。

アーロンを見送り、今度は部屋の扉を開けた。

「ごめん、お待たせ」

壁に背中を預けた体勢で待っていたレンが、身体を起こした。

私を見て、にっこりと笑う。

「ドレス、よく似合っているね」

「え、あ、ありがとう」

「サイズは大丈夫だった？　一応、女性の平均サイズで用意させたんだけど、大きかったり小さかったりするのなら言って」

「平気よ。ぴったりだったから」

むしろ、前に着ていた修道服の方が合っていなかったくらいだ。

支給された修道服は少し大きめで、自分で裾上げをしてサイズを合わせていた。

靴もブカブカだったから、今の足にぴったりのパンプスが心地よく思える。

レンも私が遠慮しているわけではないと分かってくれたのか、ホッとしたような顔をした。

「それならよかった。でも、やっぱり君には白が似合うね。子供の頃も白は君の色だと思っていたけど、大人になった今は、より一層君を引き立てる色だと感じるよ。私の可愛いお姫様。こうやって正しく着飾った君を見ると、帰ってきてくれたんだなって実感する。頑張ってよかった……」

「あ、ありがとう……」

しみじみと言われ、照れくさい気持ちになる。

だけど似合っていると褒めてもらえたのは嬉しかった。

レンが私の背後を見て、首を傾げる。

「ん？　あの猫は？」

「アーロン？　たぶん、食事に行ったんだと思う。出て行きたがったから、窓を開けてきたわ」

「へえ。君の飼い猫だろう？　彼の分も食事を用意しようかと思ってたんだけど」

「ありがとう。でも今のところは大丈夫みたい。また必要になったらお願いしてもいい？」

「もちろん」

当然のように請け合ってくれるのが有り難い。

教主様はいつもアーロンに嫌な顔をしていたから嬉しかった。

レンに連れられ、廊下を歩く。

「ここだよ」

十分ほど歩いたところで、レンが立ち止まった。

廊下の突き当たりには大きな両開きの扉がある。扉脇には兵士がいて、私たちに向かって頭を下げていた。

レンが扉を指で差す。

「食堂だよ。部屋で食事をすることもできるけど、基本、昼と晩はここかな」

「えっと、朝は部屋で、昼と晩は食堂。でも、希望すれば部屋食にもできるってこと？」

「そう。道を覚えられないなら、私が迎えに行くよ」

「う、しばらくお願いできると嬉しい」

お城の煌びやかさに意識を奪われ、道順なんて気にもしていなかったのだ。

あと、あちこち曲がったり、階段を上ったり降りたりでややこしかったので、すぐに覚えられる自信もなかった。

「この食堂は、しばらくの間、私と君しか使わないから安心して。王族専用の食堂だけど、父上と母上はちょうど外遊中のタイミングでさ。一ヶ月もすれば帰ってくると思う」

「え」

情けない話だが、レンに言われるまで国王と王妃の存在を完全に忘れていた。

でもここは王城なのだ。

国王と王妃がいるのは当然だろう。

「が、外遊中って、そんな時に異世界召喚をして大丈夫だったの？」

普通は国王許可の下で行われるものなのではと気づき、尋ねてみるも、レンはヒラヒラと手を振った。

「気にしなくていいよ。元々私のタイミングでしていいって言われていたんだ。それにせっかく召喚できるようになったんだよ？　父上たちが帰ってくるまで一ヶ月待つとか、長すぎる」

「……そういう問題なの？」

「私にとってはね」

レンがクスクスと笑う。

「本当に気にしなくていいって。さ、中に入ろう。今日は、君が帰ってきた祝いだ。昔、君が好きだったものを作ってもらっているから、楽しんでくれると嬉しいな」

「私の好きだったもの？」

「うん」

「……なんだろう」

聞いてもすぐには思い当たらない。

中に足を踏み入れる。

食堂も廊下に負けず劣らずピカピカしていた。

高い天井を見上げると、大きなシャンデリアが見えた。こちらも天井画が描かれている。壁には金の燭台がいくつもあり、蠟燭が灯っていた。

赤い絨毯が敷かれていて、部屋の隅には大きな壺が台座の上に置かれていた。

壺には花の絵が描かれている。

たぶん、名のある芸術家による作品なのだろう。

部屋の中央に目を向ければ長いテーブルがあり、その上には生花が飾られていた。

当たり前だが教会にある食堂とは全然違う。

あそこは長い木のテーブルと椅子があるだけの暗い場所で、あまり長居したいところでもなかったので。

しかも私は隅の席で、皆と楽しく話すこともなかったし。

「さ、君はそちらの席に座って」

「う、うん」

部屋の雰囲気に圧倒されつつも、レンの提示してくれた席に座る。

レンは斜め前の席だ。この距離なら、食事をしながら会話を楽しむこともできるだろう。

そう思い、自分が当然のようにレンと会話を楽しむつもりであることに気がついた。

今まで食事といえば、誰とも話さずさっと食べてさっと去るのが基本だったのに、私ときたら、もうそのことを忘れたようだ。

我ながら切り替えが早い。

でも、それはきっと悪いことではないのだろう。

侍従たちが恭しく食事を運んでくる。前菜から始まった食事はどれも美味しいものだった。

メインディッシュは、具沢山のブイヤベース。魚や貝がふんだんに使われている魚介の旨みが特徴のスープ料理だ。教会で教主様が食べていたのを見たことがある。

「あ……」

一口食べて、懐かしい気持ちになった。

昔、私はこの料理が好きだったのだ。魚料理を好んでいた私は、特に屋敷の料理長が作るブイヤベースがお気に入りだった。

「……懐かしい」

「思い出した？　好きだったよね？」

「うん」

噛みしめるように頷く。

「料理長の作るブイヤベースが好きだったのよ。使っていた貝が特に好きで」

「うん、知ってる。君に何度も自慢されたからね。公爵家の料理長の作るブイヤベースは絶品だって。まあ、君のところの料理長には劣るかもしれないけど、城の料理長もなかなかのものなんだよ。だから是非食べてほしくて」

「すごく美味しい」

お世辞(せじ)ではなく本心から伝える。

レンは嬉しげに微笑んだ。

「それならよかった。わざわざ用意させた甲斐(かい)があったよ」

「……ありがとう。でも、こんなの食べたら、公爵家の皆に会いたくなっちゃう」

思い出の料理を食べたからか、大広間で見た両親に会いたくなってしまった。

だってブイヤベースは、家族皆で食べた味なのだ。

私だけ食べたところで意味はない。

しんみりとした気分になって言うと、レンが優しく笑ってくれた。

「……大丈夫。その辺りは私に任せて。調整して、できるだけ早く会えるようにするから」

「ありがとう」

「君のためならなんでも」

レンの言葉が嬉しかった。

優しい人だ。

彼は人の気持ちに寄り添うことができる素晴らしい人。

私の初恋の人は、大人になっても素敵なままだった。

それがとても嬉しい。

ブイヤベースを食べ終える。その後、出てきたデザートのザッハトルテと紅茶をいただいて、
帰還一日目の夕食は終了した。

◇◆◇

「ふう」

フローラを部屋まで送り、扉が閉まったことを確認してから、レンは小さく息を吐いた。

長く胸にあった喪失感がようやく消えた心地だった。

心は温かいもので満たされている。およそ十年ぶりの感覚に自然と口角が上がった。

「フローラ……」

愛する人の名前を呼ぶ。幸せとはこういうことを言うのだろう。

「やっと取り戻せた……」

フローラを奪われてから十年。彼としても己がかなりしつこい性格をしている自覚はあった。

子供の頃から十年以上も想い続けて、更には異世界から取り戻そうなんて正気の沙汰ではない。

だけどそれがレンという男なのだ。

一度これと決めると執着し、絶対に離さない。

そのためなら十年もの間、異世界召喚について研究するくらい造作もなかった。

「愛してる、愛してるんだ」

狂おしく呟く。

愛しく思えるのは彼女だけ。

他なんていらない。ずっとレンが欲しかったのはフローラだ。

上機嫌で王城の廊下を歩く。自室へ向かっていると、正面からレンの弟——テッドがやってきた。

「兄上！」

レンと同じ色合いのテッドは、今年十歳になる。まだまだ小さな子供だ。

弟はレンの前に立つと、キラキラとした目で見上げてきた。

「聖女様が帰還されたと聞きました！　兄上はもうお会いになったのですよね。どんな方なのですか？」

「可愛い人だよ。私が全てを懸けて愛する女性だ」

柔らかな声で正直に告げる。弟は困惑した顔でレンを見つめた。

「全て、ですか？」

「ああ。そうだ、お前もフローラに会うことがあれば気にかけてやってほしい。異世界から帰還したばかりで、右も左も分からないだろうからね」

「兄上がおっしゃるのならそうします。でもその……僕、できれば兄上との時間も欲しいなって思うんです。異世界召喚という大仕事を終えて、時間もできたでしょう？　僕、兄上と過ごせるのを楽しみにしていたんです」

「悪いがそんな暇はないよ」

期待の籠もった目を向けられたが、レンは無情にも拒絶した。

せっかくフローラを取り戻したのだ。彼としては、己の全ての時間を彼女のために使いたかった。

「聖女の訓練もあるしね。まだまだ不安な彼女の側についていてあげたいんだ」

「……そう、ですか」

「話がそれだけなら行くよ」

「あ、兄上」

話を切り上げ、歩き出す。

レンが考えるのはフローラのこと。その他はどうでもいい。

ようやく取り戻した彼女とどう過ごすか、それより大事なことなどあるはずもなかった。

「まずはフローラを安心させるのが肝心(かんじん)。そのためには――そうだ」

フローラが喜びそうなことを思いついた。

ウキウキとした気持ちで、自室ではなく執務室に目的地を変える。

弟が悲しげにレンを見ていたが、彼がテッドを振り返ることはなかった。

第四章

家族の温もり

「うっ……！」

腹部への強烈な痛みで目が覚めた。

目を開ければ、腹の上にはアーロンが乗っている。

昨晩、結局帰ってこなかったアーロンだが、どうやら明け方になって戻ってきたようだ。そして、私の腹の上を寝場所に決めたのだろう。

愛猫の重みは愛おしいものだが、アーロンは猫の中でもかなり大きい部類に入る。その彼が目を覚まし、今は四本の足で踏ん張っているのだ。四カ所に重みが集中してダメージがすごい。

「ア、アーロン……」

「なあーん！　なあーん！」

「ど、退いてくれないかな……ぐふっ」

腹の上で何かを主張するアーロンは、全く退く気配がない。時計を確認すれば、起きてもおかしくない時間になっていた。

「うう……もう朝かぁ。分かった、起きるから」

ノロノロと起き上がる。

私が起きたことに満足したのか、ようやくアーロンが退いてくれた。

欠伸をしながら、ベッドから降りる。

アーロンが窓枠に飛び乗った。どうやらまた外へと出かけるようだ。

「え、また行くの？　戻ってきたばかりなのに？」

「なーん！」

「いや、いいんだけど、気をつけてね」

行ってらっしゃいと言うと、アーロンは勢いよく飛び出した。たぶん、朝食を狩りに行ったのだろう。

アーロンが自分で狩りをする子なのは知っている。

窓は開けたままにして、レースのカーテンだけを閉めておくことにした。

伸びをしながら、クローゼットへと向かう。

昨日とは違うスクエアネックのプリンセスラインドレスを選び、身につけた。しみじみと呟く。

「まさか一日でこんなに生活が変わるなんて思わなかったわ」

姿見に映る自分は、まだ困惑が残っているようだ。

とはいえ、一晩眠ったことで、かなり気持ちは落ち着いていた。

異世界から戻ってきたというのも、しっかり受け入れられている。

そう、私は帰ってきたのだ。

自分の元いた、いるべき世界に。

「うん……」

パン、と己の頬を叩く。

聖女云々（うんぬん）については悩ましいところだが、考えたところで結論は出ない。

今は帰ってきたというこの世界に馴染むことを最優先に考えようではないか。

そもそも私はわりと前向きな性格をしていて、仕方ないと割りきるのも得意な方。

これまではちょっと色々あってネガティブになっていたけれど、これを機に、元の自分を取り戻していきたい。

そんな風に思っていた。

「前向きにいこうって……あー……お腹減（なか）ったなあ」

ぐう、とお腹が空腹を訴える。

「えーと、確か朝食は部屋でって話で……ベルを鳴らせばいいって、レンが言ってたよね」

主室に置いてあるベルの存在を思い出す。

鳴らせば女官がきてくれるとのことだった。

試しにベルを鳴らしてみると、すぐに扉からノック音が聞こえてきた。

「お呼びでしょうか」

「は、はい」

「入っても？」

「どうぞ！」

慣れないやり取りにドキドキしつつも入室を許可する。私より少し年上に見える女官が入ってきた。深々と頭を下げる。

「おはようございます、聖女様。朝食をお持ちしましょうか」

丁寧に対応され、身体が硬直する。

何せ今まで、皆から無視される生活をしていたのだ。

真逆どころか、手厚すぎる状況にどうすればいいか戸惑った。それでもなんとか挨拶を返す。

「お、おはようございます。そ、その……お願いします」

「承知いたしました」

女官が出て行く。扉が閉まった音がして、心底ホッとした。

心臓がバクバクと脈打っている。

「……はああああ。ものすごく緊張した……」

近くのソファに腰かける。

女官に食事をお願いするだけでこの始末とは、なかなかに情けない。

だけどこれも慣れていかねばならないのだろう。何事も経験だ。

「失礼いたします」

しばらくすると、先ほどの女官が朝食をカートに載せて持ってきた。ただ、今回はひとりではなくふたりだ。

そのうちのひとりが私の座るソファの前にあるテーブルに、手際よく朝食を並べていく。

それをぼうっと見ていると、もうひとりの女官が声をかけてきた。

「洗面用具をお持ちしましたので、お使いください」

「え、あ、はい」

「よろしければそのあとで、お化粧もさせていただきます」

「お、お願いします……」

今までと何もかもが違いすぎてついていけない。それでもなんとか頷いた。

用意された銀のボウルで顔を洗い、薄く化粧をしてもらう。

メイクについては全くの素人なので、見てもさっぱり分からなかったが、仕上がった顔を見れば、ドレスに馴染んでいて、やはり必要なことなのだなと実感した。

髪もハーフアップにしてもらい、コーデュロイのリボンをつけてもらう。その後、ようやく朝食を食べた。

「はあああ……」

女官たちが去り、ひとりになったあと、ソファにぐったりともたれかかる。

とても助かったのだが、慣れないことのオンパレードで疲れてしまった。

ただ、本当に、皆優しかった。

それは私が聖女だからかもしれないけれど、親切にしてもらえたことは嬉しかった。

「にゃあ」

ぐったりしていると、窓からアーロンが帰ってきた。

満足そうな顔をしている。食事を済ませてきたのだろうか。

「お帰りなさい」

スリスリと足に擦り寄るアーロンの身体を撫でる。

さて、朝食も終わったことだし、どうしようか。

レンからは、戻ってきたばかりの私の事情を鑑みて、今日は一日好きに過ごせるようにしてくれたのだと聞いている。とはいえ、右も左も分からない状況なので、好きなことをするというのも難しいのだけれど。

「……フローラ、いいかな」

「レン？」

何をしようかと考えていると、扉の外からレンの声が聞こえてきた。

返事をし、扉を開けに行く。

「やあ、おはよう」

「お、おはよう……」

笑顔で挨拶をされ、ドキリとした。

レンは昨日とは違う服装をしていた。今日は青と黒でお洒落に纏めている。

身分の高い人は毎日どころか、時間ごとに服を替えるものだと聞いたことがあるが、たぶん、レンもそうなのだろう。何せ彼は第一王子なわけだし。

綺麗に笑うレンは、一晩経って改めて見ても、やはりとても美しい人だった。

あと、細身なのにすごく存在感がある。自然と目が彼に惹きつけられるのだ。

「ええと、それでなんの用なの？」

「ああ、お誘いにきたんだ。一日自由だって言われても、困るんじゃないかと思って。昔すぎて忘れていることも多いだろうし、この国を色々案内しようかと考えたんだけど、どうかな」

「ありがとう！」

レンの提案に飛びついた。

「すごく困っていたところだったの。助かったわ」

「やっぱりね。そうじゃないかと思ったんだ。今から外に出ても大丈夫？」

「もちろん」

即答した。

振り返り、アーロンを呼ぶ。

「アーロン、あなたも一緒にくる？」

「……なあ……」

アーロンがくるりと背を向け、再び窓へ向かう。どうやら同行するつもりはないらしい。

無理強いする気はなかったので黙って見送る。彼の姿が消えたところで、レンが言った。

「君の連れてきた猫……アーロンって言ったっけ？　昨日も思ったけど、ものすごく賢い子だね。こちらの言葉を理解しているように見えるよ」

「それは向こうの世界にいた時から思っていたわ。して欲しくないことは絶対にしないし、言いつけだって守ってくれるの」

アーロンは破格に賢い猫だ。

そのお陰で助かっていたことはたくさんある。

「……確かに昨日も、君を守ろうと私に噛（か）みついてきたもんね。猫なのにまるで犬みたいに忠誠心が強いんだって驚いたよ」

「私の大切な家族なの」

「うん。皆にもそう周知してある。大丈夫だよ。うちの城に君の愛猫を害そうとする者はいないから」

「ありがとう」

王子であるレンにそう言ってもらえると安心だ。

アーロンもいなくなったので、部屋の外に出る。

どこへ連れて行ってもらえるのかとワクワクしていると、レンが言った。

「まずは王城を案内するよ。この城は広いから、迷子にならないとも限らないし」

「お願いします」

昨日、広間から部屋まで案内してもらった時も、ややこしいなと思ったのだ。

城内は広く、たくさんの部屋がある。

食堂だって今の私には辿り着けないし、ひととおり案内してくれるというのなら、お願いしたかった。

「じゃあ軽く一回りしてみようか」

レンの案内で歩き出す。

昨日よりも精神的に余裕が出てきたのだろう。

色々なものが気になって「ねえ、レン、あれは？」「あっちには何があるの？」と、目についたものはなんでも質問してしまったが、レンはどれも丁寧に答えてくれた。

女官や侍従、登城している貴族たちとも擦れ違う。

皆、私を世話してくれた女官たちと同じように好意的だった。笑顔で会釈をしてくれるし、含むような目で見てくる者は誰もいない。

でも、ひとつだけ気になった。

女官や貴族の令嬢たちが、レンを見る目である。

レンは誰が見ても美しいと称される容貌を持つ人だ。立ち姿も涼やかで、人目を引く。

放つオーラが常人とは違うのだ。

華やかで、つい目が彼を追いかけてしまう。

そしてそれは私だけではなく皆も同じで、女性たちがレンを憧れの目で見ていることに気づき、なんだか胸の辺りがもやっとした。

――なに、これ。

すごく、嫌な気分だ。

別に私に対し、嫌なことをされたわけでも悪意をぶつけられたわけでもない。ただ、レンが色めいた目で見られているだけ。

対象は私ではない。それなのにどうしてこうも嫌な気持ちになるのか意味が分からなかった。

確かにレンは初恋の人ではあるけれど、それは昔の話で今は違うというのに。

それとも私は、好きと言ってくれたレンに対し、独占欲のようなものを抱いているのだろうか。

だとしたら情けなさすぎる。

恋人になったわけでもないのに独占欲を発揮(はっき)するなんて最低だ。

でも、やっぱりモヤモヤする。

「殿下、少し宜(よろ)しいでしょうか」

自分の気持ちに振り回されていると、官吏(かんり)らしき男性がレンに話しかけてきた。何か報告があるらしい。レンは「ごめん、少し待ってくれる?」と私に断り、官吏と話し始めた。

邪魔をする気はないので、少し距離を取って待つことにする。

遠くから見ても綺麗な人だなあと感心していると「あの」と小さな声で話しかけられた。

「え、あ、はい」

返事をし、声がした方を見る。

そこには貴族令嬢と思わしき女性が立っていた。

鮮やかな色合いのドレスを着ている。金色の髪をアップにした女性は、同じ女性の私から見てもとても美しい人だった。

「えっと、なんでしょう？」

「……あなたが、殿下の待たれていたという方ですか？」

「え……？」

「聖女様、ですよね？」

じっと見つめられ、告げられた言葉に目を瞬かせる。

一瞬、何か文句でも言われるのかと身構えたが、彼女の言葉に棘のようなものは感じられない。

純粋に気になったから聞いたという風に見えた。

だから、素直に頷く。

「……えっと、はい。そうです」

私の返答を聞いた令嬢が、パッと表情を明るくした。

「まあ……やっぱり、そうですのね」

「それが何か？」

「いえ、よかったと思っただけですわ。だってあの方、十年もあなたを待っていたのですもの。皆が知っている、有名な話です」

「……え」

十年という言葉に気づき、令嬢を見た。彼女は柔らかい微笑みを浮かべている。

「異世界に連れ去られた幼馴染(おさなな じ)みである聖女様を取り戻すべく、ただひたすら研究に打ち込んで、どんな美女に言い寄られても靡(なび)かない。つれない態度で『自分には想っている人がいる』ですもの。そんなにはっきり言われたら、望みはないって誰でも分かります」

「……」

「美しい人だけど、冷たい氷のような王子様。何を言われても眉ひとつ動かさない。研究以外は興味がない。ふふ、それがあの方でしたのよ。それが今日は嘘(うそ)のように温かい笑みを浮かべていらして。それは皆も注目すると思いますわ。どこの誰かという変わりようですもの」

「そう……なんですか？」

そんなレンは知らない。

記憶の中のレンはいつだって笑っていたし、今も楽しげにしているから。

「それだけ、あなたに会えたのが嬉しいのだと思います。ふふ、だから嫉妬なんてなさらなくて大丈夫ですわ。最初から殿下はあなたのことしか見ていらっしゃらないし、皆だって、殿下が振り向くなんて思っていませんから。あまりの変化に二度見しているだけ。だからどうか許して差し上げてくださいね」

「し、嫉妬⁉」

令嬢の言葉にギョッとした。

嫉妬なんてしていないと思うも、さっきのモヤモヤした気持ちを思い返せば、確かにそれは嫉妬と呼ばれるものと似ている気がする。

いや、だから、恋人でもない相手に独占欲を抱くとか、最低だと思うのだけれど！

「わ、私……」

恥ずかしいやら情けないやらで泣きそうな声が出る。

誤解したのか、令嬢が慌てて言った。

「皆、あなた方の邪魔をしようなんて思っていません。それを分かっていただきたくて声をかけただけなのです。その……とても心配そうな顔をしていらしたので」

「う……」

心配そうな、なんて言ってくれたが、嫉妬したで正解である。

しかし、なんだかものすごく居たたまれない気持ちになってしまった。

皆がどういう気持ちでレンを見ていたかも知らず、勝手に嫌な気分になっていたのだから。

「そ、その……ごめんなさい」

「どうして謝るのですか？　あなたは何も悪くないのに。私はただ、誤解しないでほしかっただけ」

「うう……本当に申し訳ないです……」

令嬢が善意から声をかけてくれたのだと理解したからこそ、より一層謝りたい気持ちになる。

でも、話を聞かせてもらえたのは嬉しかった。

レンが私を取り戻そうとどれだけ必死だったのか、よく分かったから。

本人から聞くのとはまた違う。第三者からだからこそ、実感できることもあるのだ。

――嬉しいな。

自分のことをそれだけ強く想ってくれていたことが嬉しい。

諦めないでいてくれたことが嬉しかった。

喜びをひとり噛みしめる。

話が終わったのだろう。レンがこちらを見て、何故か顔色を変えた。

「フローラ⁉」

「へ……」

レンは酷く怖い顔をしていた。眉が吊（つ）り上がり、怒りを堪（こら）えきれないという表情だ。

カツカツと靴音を立て、こちらにやってくる。

「レ、レン……？」

「フローラに何を言った！」

「っ」

ものすごい剣幕で叫ぶレンに、思わず首を竦めた。自分に言われたわけではないのに、反射的に怖いと思ってしまうほどの声音だ。

関係のない私でさえそうなのだ。

怒気を向けられた令嬢は青ざめた顔をしていた。

それを見て、ハッとする。

レンは誤解しているのだ。私が彼女から嫌なことを言われたと勘違いしている。

でも、令嬢は何も悪いことはしていない。

むしろ、変な嫉妬をしていた私に「それは違う」と教えてくれた恩人。

筋違いの怒りを向けられるのは可哀想だし、違うと思った。

だから私は令嬢を庇うように立ち、彼に向かった。

「レン、違うの」

「違うって何が」

「私は何も嫌なことを言われたりしていない。変な勘違いをしていた私に親切に『そうではない』と教えてくれただけ。彼女は何も悪くないわ。怒鳴ったりしないで」

「……本当に？　そんな女、庇う必要はないんだよ？」

決めつけるような言い方にカチンとくる。

「やめて。そんな言い方。本当に違うから。彼女は私に優しくしてくれたの。彼女を虐めないで」

「虐めるつもりなんて……」

「虐めてるでしょ。だってほら、彼女泣きそうな顔をしてる」

令嬢は目に涙を溜めていた。レンの怒りがよほど怖かったのだろう。

私は彼女に向かって頭を下げた。

これくらいしないと申し訳が立たないと思ったのだ。

「レンがごめんなさい。あなたは何も悪くないんです。その、もう行ってください。あとは私が引き受けますので」

「でも……」

「いいから。その……声をかけてくれてありがとうございました。嬉しかったです」

「っ……！」

令嬢が私を見つめ、頷く。そうして私たちに向かって頭を下げると、パタパタと走り去って行った。

レンがムッとしながら言う。

「あーあ、逃がしちゃってさ」

「彼女は何も悪くないんだから当然でしょ。もう、どうしてあんな高圧的な物言いをしたのよ」

言い返すと、レンはすっと視線を外した。

「……君に何かあったらって思ったら、頭に血が上って。本当に何もなかったの？」

「ええ」

大きく頷く。私の態度から嘘ではないと分かってくれたのだろう。レンがホッと胸を撫で下ろした。

その仕草を見て、彼が本当に心配してくれていたのだと気づく。

「……ありがとう。心配してくれて。でも、私は本当に大丈夫だから」

「そうみたいだね。その……私も早とちりをして悪かったよ」

「ううん」

気まずそうに頭を下げるレンを見つめる。王子様が頭なんて下げていいのかな、なんて思いながら、自然とその頭に手を伸ばした。

頭を撫でる。

「え」

「……え？　えっ⁉」

レンの「え」で我に返った。己のしている行動に気づき、ギョッとする。

――わ、私、何をしてるの⁉

自分の行動が信じられない。どうしてレンの頭を撫でているのか。

完全に無意識だった。

「ご、ごめんなさいっ！」

慌てて手を引っ込める。それをレンが引き止めた。

「いいよ。いいからそのままで」

「え……」

引っ込めようとしていた手が止まる。レンは照れくさそうに笑い、私に言った。

「撫でてほしいって言ってるんだ。その、いきなりで驚きはしたけど、そういえば昔もよく君に撫でてもらったなって思い出して。……嬉しいよ。まるで昔に戻った心地だ」

「レン……」

「君は覚えていないかな。よく膝枕をして、頭を撫でてくれたこと」

「お、覚えてない……」

実際記憶になかったのでそうとしか答えられない。

首を横に振ると、レンは「それは残念」と言ったが、私は子供の頃、王子相手にそんな大胆なことをしていたのかと、過去とはいえ自分の行動に愕然（がくぜん）としていた。

「次は、街へ出ようと思うんだけど」

王城の中をひととおり案内してもらったところで、レンがそう言い出した。

外というと、王都を案内してくれるのだろうか。

お城と同様、街の記憶も全くないので、自分の故郷がどんなところなのか興味がある。

予め話を通しておいたのだろう。

王城から出ると、二頭立ての黒い馬車が一台停まっていた。如何にも王家の人間が使いそうな豪奢なものだ。レンと私を見た御者らしき男性が頭を下げる。

「殿下、聖女様。お待ちしておりました」

「うん。行き先は昨日言ったとおりで」

「承知いたしました」

「さ、フローラ、乗って」

レンに促され、馬車に乗り込む。

内装も意匠が凝らされていて、溜息が出る美しさだ。正直ちょっと落ち着かない。

レンが私の隣に座る。しばらくして馬車がゆっくりと動き出した。窓から外の景色が見えるので、どうしてもそちらを見てしまう。

王城を出れば、舗装された道があり、美しい街並みが広がっていた。

「楽しい？」

「そうね」

レンに尋ねられ、頷いた。

「こちらの王都のことは覚えていないし、その、向こうにいた時はずっと教会にいたから外の世界のことを何も知らなかったの。だから楽しいわ」

聖女候補として一度教会に入れば、聖女として旅立つか、誰かに見初められて嫁入りする時以外、敷地内から出ないのが慣例だ。

私も十年間、一度も外に出られていない。だから王都や魔王の話を聞いても、あまり自分のことのようには思えなかった。

完全な隠遁生活だったのだ。だから、見るもの全てが珍しい。

「ふうん……。外に出さないなんて、そちらはずいぶんと酷いことをするんだね」

「聖女になるまでの間の短い期間だけだもの。早ければ一週間で聖女として認定されることもある。単に、私が落ちこぼれだっただけ」

信じられないという顔をするレンに否定を返す。

確かに十年外に出ていないと聞けば酷い話かもしれないが、私は例外なのだ。

素養はあったはずなのに、それを伸ばすことができなかった。

窓から外を見れば、多くの人が行き交っているのが見えた。

家や店が立ち並んでいる。露店もあるようだ。街並みは綺麗で雰囲気も明るく、人々の格好も小綺麗だった。

歩いている人たちの顔も総じて明るい。いい街なのだろうなというのが見ただけでも分かった。

「王都、綺麗ね」

「ありがとう。今のところ、魔物たちも王都までは入ってきていないから。王都は三重の壁で囲われていて、まだ突破されていないんだよ」

「……そういえば、魔物の被害に苦しんでいるって言ってたわね」

昨日聞いた話を思い出しながら尋ねると、レンは頷いた。

「うん。まだ王都に被害はないんだけどね。壁の外の街や村はかなりやられてる。討伐には出てるんだけど、最近は本当に焼け石に水で」

「そうなの……」

「皆、頑張ってくれてるんだけどね」

仕方ない、みたいに苦笑するレンに、なんとも言えず、黙り込む。

だって、魔物をなんとかするために呼び戻されたのが私なのだ。いまだ、聖女なんて無理と思っている私に言えることなどあるはずがない。

――皆が苦しんでいるのなら、なんとかしてあげたいけど。

如何せん、自信がない。

思わず俯いてしまう。そんな私の様子を見たレンが、実にさりげなく話題を変えた。

「そういえば今から行くところだけど、君の実家、リンベルト公爵家だよ」

「えっ……」

顔を上げる。てっきり、王都を見て回るだけだと思っていたので、驚きだ。

「わ、私の実家？」

「うん。昨日、約束したでしょう？　できるだけ早く会えるようにするって」

それはそうだが、昨日の今日だとは思わなかった。

目を丸くする私に、レンが優しく告げる。

「君の様子を見て、急いだ方がいいんじゃないかって思ったんだよ。君にいつまでも憂い顔をさせられないからね」

「い、いいの？」

「もちろんだよ。ご両親にも昨夜のうちに連絡してあるから安心して。全員揃って今か今かと待ち構えているはずだ」

「……」

まじまじとレンを見つめる。

昨日のうちに手配したと彼は言った。

家族と会いたいと私が願ったのは夕食時。

だとすると、彼が動いたのはそのあとということになる。つまり、私のために色々と無理をしてくれたのではないだろうか。

もしかして家族に会わせるために、今日一日の時間を作ってくれたのかもしれない。

そこまで思い至り、じんと胸が熱くなった。

「あの……ありがとう」

お礼を言わずにはいられなかった。

レンは目を見張ったが、すぐに笑顔を見せてくれた。

「どういたしまして。十年、家族と会えなかったんだ。交流する時間を作ったって、誰も文句は言わないよ」

「……そう、よね」

「久しぶりの実家。楽しめるといいね」

こちらを思い遣る言葉に心が温かくなる。

私のことを考えてくれたのが本当に嬉しかった。

馬車の速度はゆっくりで、車輪のガタガタという音が心地よい。

再度、窓に目を向ける。

そこには日常を送る人たちの姿があり、彼らにも私と同じように家族がいるんだと、そんな風に思った。

◇◇◇

王都を一回りしてから、馬車は王城近くにある貴族街へと向かった。

わざわざ遠回りしたのは、人々の暮らしぶりを見せたかったからだろう。

馬車からではあるが、王都の明るい雰囲気を感じられて、私も楽しかった。

「今度は、実際に街を歩いてみたいわ」

我が儘かなと思いながらも希望を告げる。レンは「もちろん」と即答した。

「街に出るくらいならいつでも。王都で人気の店を調べておくよ。君はどんなものが好きなのかな」

「え、ええと……甘いものとか？　あと、読書も好きだわ」

好みを聞かれ、悩みつつも答える。

教会では質素倹約を心がけていたので、甘いものは碌に食べられなかったのだ。

あと、外に出られない身だったので、本を読むくらいしか趣味がない。

その本も聖書だったし……と思ったところでハッとした。

「あ、私、そういえば、こっちの世界の文字って分かるのかしら」

というか、言葉もだ。

普通に通じていたので、今まで全く疑問に思わなかった。

レンが呆れ顔で言う。

「ものすごく今更だね」

「い、今気がついたから」

自分でも今更だなと思うので、すごく恥ずかしい。俯くと、レンが「大丈夫だよ」と言った。

キリッとした顔をした彼を見て、まるで学者のようだと思った。

「異世界召喚されると、自動的に言葉と文字が分かるようになるんだ。君の場合は、向こう側に行った時にその状態になってる。今は戻ってきたわけだけど、こちらの世界にいた時から読み書きはできていただろう？　それなら問題ないよ」

「そ、そうなんだ。い、異世界召喚って便利なのね」

「その分、大変なことも多いんだけど。莫大な魔力が必要だし、そもそも召喚の仕組みを理解していないとできないしね」

「やっぱり魔法って大変なのね。そういえば、向こうでも魔法使いって稀少だったわ」

魔法使いと呼ばれる人たちは一定数いたが、上位の魔法を使える者は少なかった。

優秀な魔法使いは国のお抱えになることも多く、これぞという勇者が現れれば、国王の命令で同行することもあったはずだ。

「魔法使いが少ないのはうちも同じだね。適性を持つ者が少ないんだ。魔力を持って生まれる人間は百人にひとりもいないし、使い物になるのはその更に十分の一程度かな」

「へえ……」

どこも魔法使いは珍しい存在のようだ。でも……。

「レンは魔法使いなのよね？　私を呼び戻してくれたわけだし」

「厳密には、魔法使いではないかな。私は剣技の方が得意だから。魔法はオマケみたいなものだよ。異世界召喚については誰よりも詳しい自信があるけど、その他の魔法はそこまでじゃない」

「そうなんだ」

「魔法全般に強いわけじゃないんだよ。戦いという面でだけ見れば、剣士としての方が知られてる。……あ、公爵家に着いたようだね」

ガタン、という音がして馬車が停まる。

もう少し話を聞きたい気もしたが、家族に会えることに気を取られた。

話を切り上げ、外を見る。

馬車が停まったのは、大きな屋敷がたくさんある一角の邸宅前だった。

レンが説明してくれる。

「この辺りは、高位貴族の屋敷が集まってる。爵位が高いほど、王城に近い場所に屋敷を構えられるんだ。あと、貴族は大抵領地を持ってるけど、そちらにも別荘があって、季節ごとに行きするのが一般的かな。今の時季は王都にいることが多いけど」

「へえ」

レンの説明を頷きながら聞く。

扉が開き、レンが降りた。振り返り、手を差し出してくる。

「さ、どうぞ」

「あ、ありがとう」

有り難く手を借り、馬車を降りる。

歴史を感じさせる大きな屋敷。それを見た瞬間、またも記憶が刺激された。

「あ……」

屋敷で暮らしていた時のことが次々と脳裏に蘇る。廊下を走り回って怒られたこと、庭に綺麗な薔薇園があって、そこで過ごすのが好きだったこと、そしてなにより、私には年の離れた兄がいたことを思い出した。

そう、兄。兄だ。

今まですっかり忘れていたけど、私には兄がいたのだ。

名前はトール。八歳年上の兄は学者肌で、いつも屋敷の図書室で難しい本を読んでいた。私はそんな兄が気になって、遊びにきたレンを連れてよく邪魔をしに行っていた。

兄は困った顔をしながらも「仕方ない」と本を閉じ、私たちを構ってくれたのだ。

優しい兄。どうして今まで彼のことを忘れていたのだろう。

「……フローラ？」

突然、動きを止めた私を不審に思ったのか、レンが声をかけてくる。ハッと思い出から現実に立ち返った。

「な、なんでもないの。屋敷を見て、少し記憶が戻っただけで」

「もしかして、何か思い出したとか？」

「うん。屋敷で過ごしたことと、あと……」

ふっと視線を正面に移し、目を見開いた。

門の前に父と母、そして今思い出したばかりの兄が立っていたのだ。

兄は私の記憶からはだいぶ大人になっていたが、昔の面影が色濃く残っていたので、すぐに分かった。髪を伸ばしてひとつに括(くく)り、眼鏡をかけている。その後ろには、何十人もの使用人たちが並んでいた。

「フローラ」

目を瞬かせていると、母が目を潤ませながら私の名前を呼んだ。レンが促すように背中を押す。

「ほら、呼んでるよ。行ってきたら？」

「うん」

ゆっくりと母の側へと歩いていく。昨日と同じようにギュッと抱きしめられたが、今日はそれを懐かしいと感じた。昨日は思わなかったことだ。

「お帰りなさい、フローラ」

「……ただいま帰りました」

ごく自然に「ただいま」を言うことができた。昨日よりも記憶がはっきりしてきたおかげだと思う。

私の言葉を聞いた母が「ううっ」と啜り泣きを始めた。

記憶の中の母は、こんなにも泣く人ではなかったので戸惑ったが、父も目を赤くしているのを見て「ああ、私がいなくなったからこうなってしまったのか」と理解することができた。

母が涙を拭い、私から離れる。

「歳を取ると涙もろくなってしまってダメね。さ、中に入ってお茶でも飲みましょう。殿下、よろしければご一緒に如何ですか？」

声をかけられたレンが、私たちに目を向けながら言う。

「家族団らんを邪魔する気はなかったんだけど……そうだね、お邪魔させてもらおうかな」

「ぜひ」

母が笑い、父も頷いた。兄だけは笑わず、何故か不審な目で私を見ている。

「……お兄様？」

「……こいつ、本当に本物のフローラなんですか？」

「え……」

まさか兄から疑うような言葉が出てくるとは思わず、絶句した。

レンが庇うように私の前に立つ。衝撃のあまり何も答えられない私に代わり、口を開いた。

「失礼だね。トール・リンベルト。君は自分の妹の見分けもつかないのか」

「っ！　で、殿下。しかし……」

「確かに、八歳の頃の彼女とは違う。覚えている姿とは変わってしまっているから戸惑う気持ちも分かるよ。でも、それは君も同じだよね。十年経てば、誰だって成長する」

「そ、それはそうですが……」

信じられないのだと、兄の顔には書いてある。

「……書物で読みました。異世界は無数にあるのだと。その中から妹がいる世界を見つけ、更に当人を連れ戻すなど、現実的に考えて不可能です。よく似た全く別の存在を間違えて連れてきた……という可能性があってもおかしくないと思いますが」

書物でというのが兄らしい。

そう思っていると、レンが腕を組み、兄に言った。

「よく勉強しているね。でも、彼女に限っては間違えようがない。何せ、誰よりも分かりやすい目印がある」

「目印、ですか？」

怪訝な顔をする兄。レンは私に視線を移した。

「君だって知っているだろう？　フローラは君の妹であると同時に、我が国の聖女だよ。どれだけ無数に世界が広がっていようと、その他大勢と間違えるはずないじゃないか。光を放つ宝石と石ころを君は取り違えるというの？」

「……それは」

「私が保証するよ。彼女は間違いなくフローラ・リンベルト。十年前、異世界に攫われた君たちの家族だ」

「……」

兄がじっと私を見つめてくる。その視線にまだ疑いがあることに気づき、悲しくなった。

「お兄様……」

「……お前が私の妹だというのなら、何か証拠を見せてみろ。そうすれば信用する」

「証拠って……」

何を見せればいいのだろう。

昨日、レンが言っていた聖女の証である背中の痣でも見せればいいのか。でも、こんなところで服を脱ぎたくないし……そう思い、先ほど思い出したことを言ってみることにした。

「……お兄様はよく、私にお菓子を下さいました。お母様たちには内緒だとおっしゃって。そのお菓子は、お兄様が手ずから作られたものでした」

本好きで有名な兄だが、実はお菓子作りという秘密の趣味も持っていたのだ。恥ずかしいからと最初は私にも隠していたが、偶然作っているところを見つけてしまってからは、秘密だと言って、お裾分けをくれていた。

ちなみに使用人たちは知っていた。兄の気持ちをくんで、黙っていたのだ。

兄の顔がみるみるうちに赤くなる。

「お、お前……それ……は……！」

「私は特にヨモギを使ったクッキーが好きでした。お兄様、まだお菓子作りをされているのでしたらぜひ私に――」

話しているうちに食べたくなってきた。そう思い、強請(ねだ)ろうとしたが、先に兄が話を遮(さえぎ)った。

大声で叫ぶ。

「分かった！　分かったから!!　お前がフローラであることを認めるっ!!　だからそれ以上は言うなっ!!」

「……えっと」

「菓子作りのことは言うなと言っている!!」

「あ、はい」

兄の剣幕に押され、頷いた。

どうやら十年経った今も、秘密のままだったらしい。それは悪いことをした。

「その……申し訳ありません」

「君が謝る必要はないよ。最初に疑ったのはトールなんだから。ねえ？」

謝罪すると、何故か兄ではなくレンが返事をした。

顔を赤くした兄が、気まずそうに肯定する。

「……殿下の言うとおりだ。フローラが謝る必要はない。その……疑って悪かった。書物を読んで、お前の帰還が絶望的だと知ったものだからつい……」

「お兄様」

「もう疑ってはいない。お前が語ったことはその……お前しか知らないことだ。本当に戻ってきたのだな。――お帰り」

「……お兄様……」

最後の言葉を優しく言われ、目頭が熱くなった。

泣きそうになり、俯く。レンが場を和ますように言った。

「君の趣味がお菓子作りだったなんて知らなかったよ。え、もしかして昔フローラと一緒に食べたお菓子って、君が作ったものだったりする？」

「は？」

兄が目を大きく見開き、私を見る。信じられないという顔をした兄に、私はコクリと頷いた。

「はい。独り占めするのもどうかと思ったので、レンにも分けてあげたんです。ね、レン。美味(おい)しかったでしょ？」

「……で、殿下に？　私の作ったものを？　毒味もナシに⁉」

「？　お兄様の作るものに毒味って必要ですか？」

「お前……」

「確かに美味しかったね」

絶句する兄だったが、レンは気にした様子もなく「そっか」と明るい声で言った。

うんうんと思い出すように告げるレンに、兄はたまらず叫んだ。

「殿下も何故お召し上がりになったのですか⁉」

「え、フローラがくれたものを食べないって選択肢はないと思ったからだけど」

のほほんとした声音に、全員が脱力する。

「……とりあえず、立ち話もなんですし、屋敷の中に移動しませんか」

短くない沈黙のあと、それまで黙っていた父がレンに言う。

全くもって、立ち話で済ませるような話ではなかった。

十年ぶりに戻ってきた屋敷は、何もかもが懐かしかった。

敷かれている絨毯(じゅうたん)や飾ってある美術品などは当時のままで、ああ、こんなものもあったなという気持ちにさせられるし、忘れていた記憶が次々と蘇ってくる。

案内された応接室も記憶通りで、つい室内を観察してしまった。

ソファとテーブルがあちらこちらに置かれている。茶系統で纏(まと)められた応接室は、子供の頃はなかなか入れてもらえない場所だった。壁紙には複雑な模様が描かれていて、昔はよく何が描かれているのか考えたものだ。

窓は背の高い大きなものが三つあり、今はカーテンを開け、光を取り込んでいる。

暖炉(だんろ)の上には大きな鏡があった。

「いや、しかしよかった。殿下には本当になんとお礼を申し上げればよいのやら」

暖炉前のソファに全員が座り、メイドがお茶を注いだところで父がホッとしたようにそう言った。

「十年前、娘が異世界へ連れ去られたと聞いた時は、もう二度と会えないのかと絶望しましたが、まさか本当に連れ戻していただけるとは」

「ええ、本当に。殿下、娘を連れ戻していただいて本当にありがとうございます」

父に続き、母も礼を言う。

レンは「礼を言われることではないよ」とティーカップを持ち上げながら言った。

「殆ど自分のためにやったことだしね。それに君たちにも色々協力してもらったし。あ、そうだ。約束のことだけど」

——約束？

なんの話だとレンを見る。父が笑顔で口を開いた。

「ええ、もちろんです。約束を守っていただいたのですから、こちらも守るのが道理というもの。娘はあなたに嫁がせましょう」

「へ……」

——嫁がせる⁉

ポカンと口を開く。

父の言葉を聞いたレンが「よかった」と満足げに頷いた。

その顔を見て、慌てて彼に聞いた。

「ちょ……ね、ねえ。嫁がせるってなんの話？」

「ん？　君が連れ去られたあとに、公爵にお願いに行ったんだよ。『必ず連れ戻すから、それが叶った暁(あかつき)には、私の妃(きさき)に欲しい』って」

「え」

「最初は本気にしてもらえなかったんだけど、何度も通っているうちに頷いてもらえたんだよね」

懐かしいという顔をするレンだが、こちらは全くの初耳である。

愕然とする私を余所に、レンと父が盛り上がる。

父が当時を思い出すように言った。

「当時はまだ異世界召喚は確立されていなかったですからな。疑わしく思うのも当然でしょう」

「そうなんだよね。だから信じてもらえるまで何度も訪ねたんだよ。えっと、何回通ったっけ？」

「十までは数えましたが、その後は覚えておりませんな。あまりにもしつこいので仕方なく頷いた次第です。まさか本当に成し遂げるとは思いもしませんでしたし」

「ひどいな。私は本気だったのに」

「『絶対に連れ戻すから妻にちょうだい』と毎日屋敷の扉を叩かれましたからな。当時まだ幼かった殿下に、頷くまで通うのを止めないと言われた挙げ句、雨の日も風の日も通われれば、さすがに本気なのは分かりますよ」

「えっ、レン、そんなことしたの……？」

ギョッとしてレンを見る。何故かレンは得意げに胸を張った。

「当然だよ。君をもらい受けるためならなんでもする」

「……結婚云々の話は娘が戻ってからといくら言っても、決して頷いてはくれませんでしたな」

「だって、先に約束を取りつけておかないと、帰ってきたあとでやっぱり娘はやれないって言われたらどうするのさ。私はフローラを取り戻したい一心で研究を重ねているのに、最後の最後で門前払いを食らうなんて許せない。当時の君たちは、フローラを王家に嫁がせる気はなかったみたいだし」

分かっているぞという顔でレンが両親を見つめる。ふたりは気まずげに視線を逸(そ)らした。その反応で分かる。どうやらレンの言う可能性もあったようだ。

父が咳払(せきばら)いをする。

「……ただでさえ、聖女なんて運命を背負った子です。その上王家に嫁がせて、更に苦労させるのは可哀想かと。とはいえ、殿下がそこまで望んでくださるのなら否やはありません。約束は守ります」

「うん、そうして。フローラは私が守るから」

「はい。よろしくお願いいたします」

父とレンの話を呆然と聞く。

今、彼らが話しているのは私のことだ。それなのに完全に私を無視して話を進めている。

そういえば、向こうの世界でも貴族の結婚は親が決めるもので、聖女の結婚も相手に見初められてするものだった。拒否権などなかったし、どうやらそれはこちらの世界も同様らしい。

一緒にいる兄も平然とお茶を飲んでいる。特に反対はない様子だ。

——な、なんということ。

せっかく戻ってこられたと思ったのにもう結婚とは。

レンが嫌だというわけではないが、そんな展開など全く考えていなかったので割とショックだ。

唖然(あぜん)としているうちに結婚話が終わる。

その後も昔話なんかが続けられたが、動揺がなかなか収まらなかった私は、碌に参加することができなかった。

「……懐かしい」

応接室で話を終えてひとまず落ち着いた私たちは、両親の許可を得て屋敷内を巡っていた。

何か思い出すこともあるだろうとの期待からだったが、その考えは間違いではなかったようだ。

広間やロングギャラリーを覗(のぞ)けば、自然と当時の思い出が溢(あふ)れ出す。

庭に出た時は、レンと遊んだ時の記憶が鮮明に蘇った。

彼はよく公爵家に遊びにきていたのだ。

「昔のことなんてって思っていたけど意外と思い出すものね」

屋敷裏にある庭を堪能しながら呟く。

季節の花が咲くフラワーガーデンは、庭師が手入れしているのだろう。色とりどりの薔薇の花がとても綺麗で見応えがあった。

この場所でよくレンと走り回っていたのだ。

いや、走っていたのは私で、レンは危ないと止めていたような気がする。なんなら、レンを追い回していた記憶もあった。

「……もしかして幼い頃の私って、相当お転婆だった？」

信じたくない気持ちで尋ねる。レンは苦笑し、頷いた。

「う、うん。否定してあげたいところだけど、かなりね」

「やっぱり……」

「屋敷中を駆け回って、元気いっぱいだったよ。当時の君は」

「ええ。そんな記憶があるわ」

ポツポツと当時の話をする。

庭を一周したあとは、屋敷の二階を見て回った。

図書室は懐かしさしかなかったし、自分の部屋を見た時は、なんとも言えない感動があった。

「……私の部屋」

「うん、フローラの部屋だね」

私の部屋も、当時と殆ど変わっていなかった。

掃除はしているようだが、家具の配置はそのままだ。本棚には、昔の愛読書が並んでいる。

子供向けの小説が多い。タイトルを見れば、薄(うっす)らとどんな話だったのか思い出せる。

「……全然変わってない」

感慨深い気持ちになりながら告げる。

レンがソファに座り、言った。

「戻ってきた時、部屋が変わっていたら君がショックを受けるだろうって、公爵夫妻がそのままにすることを選んだんだよ。私もこの部屋に入るのは、それこそ君がいなくなって以来だけど……懐かしいな」

「一緒に図鑑を見たわよね。庭に咲いていた薔薇の種類が分からないって話になって」

「そんなこともあったたね」

レンが懐かしげに目を細める。

私はベッドに腰かけた。

天井を見上げる。白い天井からは縦長で小ぶりのシャンデリアが吊るされていた。

私がお気に入りだったものだ。

小花柄が施された壁紙も覚えている。

どれも当時のものばかり。懐かしいものに囲まれているからか、自然と身体から力が抜ける。

「……私、覚えていてもらえたのね」

「フローラ？」

ベッドに仰向(あおむ)けに転がりながら呟くと、レンが反応した。

「どういうこと？」

「……私、向こうで過ごしていた時、こちらの記憶をほぼなくしていて、でも時折朧気(おぼろげ)ながらも夢に見ていたの。家族やあなたと過ごす夢。割とその夢に縋(すが)っていたところがあるんだけど、ちょっと悲しくも思っていたのよね。きっと覚えているのは私だけだって」

夢でしか会えない家族とレン。

きっと彼らは私の知らないところで幸せになっているのだと勝手に思っていた。

でも、そうではなかった。

遠い異世界にいるにもかかわらず、レンはずっと私を取り戻そうと努力してくれたし、家族だってこうして私を忘れないでいてくれた。

ある意味私の方が忘れていたくらいだ。

教主様に「お前は孤児だ」と言われ、そうなのかもと思ってしまうくらいには、記憶は曖昧(あいまい)で、不確かだった。

「君のことを忘れたりなんかしないよ」

レンが立ち上がり、こちらにやってくる。

私も身体を起こし、彼を見た。

「私も君の家族も。一時(いっとき)だって君を忘れたことなんてなかった」

「……ええ」

その言葉を素直に信じられるのが嬉しいと思った。

「……フローラ、少しいいか？」

「お兄様？」

じんわりとした幸せを噛みしめていると、少し開けていた扉の向こうから、兄の声が聞こえた。

「どうぞ」

立ち上がり、入室許可を出す。

部屋に入った兄は私とレンを見て「懐かしいな」と告げた。

「昔はこの部屋にお前たちふたりがいるのが当たり前だった。主のいなくなったこの部屋を見るたび、物足りないとずっと思っていたんだ。それが解消された心地だ」

「お兄様は図書室に籠もることが多くて、あまりきてくださいませんでしたけど」

ふてくされた顔で告げる。そうだ、大抵、私とレンが突撃していた。

いや、正確には私がレンを連れ回していた、だ。

当時の私は本当にやりたい放題だったようだ。好きな子相手にこうなのだから、頭痛がする。

レンもよくこれで私を好きになってくれたと思う。

「それで、何かご用ですか？」

用事があったからきたのだろう。そう思い、尋ねると、兄は「そうだった」と頷いた。手に持っていた小さな丸い包みを差し出してくる。

「お兄様、それは？」

「……昨晩焼いたクッキーだ。その……お前が好きだったヨモギの」

「えっ」

思わず兄の顔を見る。

兄は私から目を逸らしていた。だが、その頬は少し赤い。

「お兄様……」

「その、だな。本物がくると思っていたわけではないのだが、万が一ということもある。もし、本当に妹が帰ってくるのなら、好きだと言っていたこれを渡してやりたくて」

「……」

呆然と兄を見る。

私を偽者（にせもの）だと断じていた兄。てっきり、最初から排除一択だったのかと思いきや、もし本物だったらという想いも持ってくれていたらしい。

それどころか私が好きだったクッキーまで焼いてくれていたなんて。

予想しなかった展開に声が出ない。

それでもなんとかクッキーを受け取り、お礼を言った。

「……ありがとうございます、お兄様」

「当時よりも技術は上がっているはずだ。まあ、その、それなりの味になっていると思う」

兄の眉は中央に寄っていたが、照れ隠しであることは声音と赤くなった顔を見れば分かる。

なんだかすごく胸の中が温かい。

嬉しい気持ちが膨れ上がって、泣きそうになった。

滲（にじ）みそうになる涙を必死に堪え、兄に尋ねる。

「食べてみても構いませんか？」

「お前にやったものだ。好きにするといい」

「ありがとうございます」

兄の許可を得て、袋を開けた。中には可愛い形をしたクッキーがいくつも入っている。

星やハート、花や鳥の形をしたものもあった。

「可愛い！」

「……お前、昔からそういう可愛いものが好きだっただろう。普通のものより、そういったものを渡した時の方が反応はよかった」

「覚えていてくれたのですね」

「当たり前だ」

ふん、そっぽを向いてしまった兄を見つめる。

兄は成長し、精悍（せいかん）な面構えをした男性になった。身長も高く、体格もかなりいい。

見るからに男らしい人だ。

そんな兄が妹のためにと可愛いクッキーを焼いてくれたのだ。

そんなの嬉しく思わないはずがない。

「へえ！　本当に可愛い形をしたものが多いね」

ひょいっと袋の中を覗き込んできたのはレンだった。

人好きのする笑みを向け、兄に言う。

「ね、これ私ももらって構わない？」

「と、とんでもない！」

兄が高速で首を横に振る。

「毒味もしていないものを殿下に差し上げるなど！」

「だから、昔から食べてるんだってば。ね、フローラ」

「そうね。……お兄様、レンにあげてもいいですか？　その、お兄様のクッキーってレンとふたりで食べていたイメージが強くて」

「……う」

「ダメ、ですか？」

どうしてもというのなら、仕方ない。私ひとりで食べるかと思ったが、兄は目をギュッと閉じ、ものすごく迷った顔をしたあと、口を開いた。

「……私が先に一枚食べる。そのあとお前だ。最後に殿下。この順番を守るというのなら……」

なんとか妥協点を見つけたらしい。まるで断腸の思いかのような勢いで兄が言う。

レンは「気にしなくていいのに」と言ったが、そういうわけにはいかないのだろう。

毒なんて入っているはずもないクッキーを兄が一枚摘む。

そうして死ぬほど真剣な顔をして咀嚼した。

「……大丈夫なようです」

「君が作ったものなんだから、大丈夫に決まってるでしょ」

「殿下は黙っていてください」

「……はーい」

カッと目を見開く兄が怖かったのか、レンは素直に返事をした。

兄が私に視線を向けてくる。

次は私だということだろう。

十年ぶりに兄のクッキーを食べるという話だったはずなのに、完全にレンのための毒味に変わっている。

「……美味しい」

ハート形のクッキーを選び、一枚齧る。

懐かしい味が口の中に広がった。手作りならではの優しい甘さと、ヨモギ特有のほのかな苦みに笑みが零れる。私を想って作ってくれた兄の心が伝わり、ほっこりした気分になった。

「お兄様、美味しいです」

兄に感想を伝える。

確かに昔食べた時より美味しくなっているが、優しい味わいは変わらない。そしてそれが何より大事な気がする。

「本当に美味しい。懐かしい……」

あっという間に一枚を食べ終える。

嘘を言っていないと分かったのか、兄の顔がホッとしたものに変わった。

「そうか。よかった――」

「はい、何もなかった！　毒はなし！　で？　次は私も食べていいんだよね？　いただきます」

「……」

見事に邪魔が入った。

お預けを食らっていたのが不満だったのか、レンがクッキーを素早く取り、口に放り込む。

兄が返事をする間もないくらいの早業だった。

「レン……」

「あ、美味しい。この味、この味。昔、フローラにもらって美味しいなって思っていたんだよね。城の料理人に作らせても、なんか違うしさ」

クッキーを味わいながら感想を告げるレン。

予想外なところから褒められたからだろう。兄が戸惑いの表情を浮かべている。

「フローラ、もう一枚、もらってもいい？」

「いいわよ。皆で食べた方が美味しいもの」

「美味しい珈琲と一緒に食べたいよね」

「私は紅茶かしら。ゆっくり味わいたいわ」

「……メイドを呼んでお茶を淹れさせよう」

兄がこほんと咳払いをする。

どうやらティータイムにしてくれるらしい。

兄がメイドを呼び出し、お茶の用意を申しつける。

すぐにメイドは人数分のお茶を運んできた。

部屋にあるソファに座る。私の隣にはレンが腰かけた。兄は私の正面の席。

香り高いお茶と一緒に頂くクッキーは本当に美味しかったし、この場に兄が同席してくれたことが何より嬉しかった。

「お兄様、ありがとうございます」

楽しいお茶の時間を終え、改めて兄に礼を言う。

兄は「礼を言われるようなことではない」と返したが、その顔はとても嬉しそうだった。

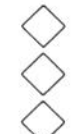

「またいつでも帰ってきなさい。ここはあなたの家なのだから」

「はい」

屋敷でゆっくり過ごしたあと、私は家族に見送られ、馬車に乗って公爵邸を後にした。

気持ち的にはこのまま実家にいたかったが、やはりそれは許されないらしい。

ようやく取り戻した聖女を王城で保護したいというのが王家の意向だからだ。

両親や兄も残念そうだったが、仕方がないという感じだった。

「あなたは私たちの娘である前に、聖女なのです。お務めを果たさなければなりません」

母はそうはっきりと言ったし、父も兄も同意見なのか頷いていた。

聖女がどれほど期待される存在なのか、家族の言葉と表情でより理解した気がする。

私も空気を読み、できるだけ真剣な顔で言った。

「分かりました。最大限、努力いたします」

努力したところでどうしようもないとはさすがに言えない。

知らない人の期待を裏切ってもさほどダメージはないが、自分を愛してくれる家族にがっかりされるのは嫌だ。

　特に家族が皆、私の帰りを熱望していたのだと知り、彼らの期待に応えたい気持ちは強くなった。

　帰り道はどこにも寄り道しなかったので、あっという間に王城の馬車回しに着く。

　すでに時刻は夕方になっていた。

　なんとなく黙っていると、レンが「あのさ」と声をかけてきた。

「……結婚のこと、なんだけど」

「え？」

　レンを見る。

「結婚？」

「うん。君と婚約するって話。あれ？　もう忘れちゃってた？」

「そ、そんなことはないけど」

　否定する。

　忘れてはいないが、どうしようもないことなので必要以上に考えないようにしていただけなのだ。

　私の反応を見たレンが「それならいいけど」とどこか不満そうに言う。

「公爵邸でもあまりいい反応を見せてくれてなかったから気になって」

「……」

バレていたのか。

私の意思などおかまいなしだったことを地味に気にしていたのだが、どうやらレンは気づいていたようだった。

「あー……えっと」

なんと説明すればいいか。

たぶん、言っても理解してもらえないのではないだろうか。

困っていると、レンが眉を下げ、悲しそうな声を出した。

「……私のこと、嫌い？」

「え、そんな。そういうわけじゃないわ。ただ、勝手に話が決まっている感じなのが受け入れられなかっただけ……」

レンは初恋の人なのだ。拒否感は殆どない。

ただ、いきなりの話についていけなかったのだ。自分が当事者になるなんて思ってもみなかった。それだけのこと。

レンが困ったように言う。

「王侯貴族の結婚は、皆こんなものなんだけど……馴染みのない君に言っても仕方ないよね。あ、でも君の意思を無視する気はないから。君が受け入れてくれるまで、結婚式はしない。だからその辺りは安心して」

「……え、いいの？」

そんなこと許されるのかと思ったが、レンは真顔で頷いた。

「もちろん。せっかく好きな子と結婚できるんだよ？　笑顔で挙式に臨んでもらいたいじゃないか」

「……そう」

問答無用で結婚させられるのかと思っていたので、そう言ってもらえるのは有り難い。

心からホッとしていると、レンが「でも」と続けた。

「待つのはいくらでも待ってあげるけど、婚約解消とかはしないから。君が私以外の男のものになるとか耐えられないし、もしそんなことになったら、何をするか分からない」

「……え」

「たとえばだけど……そうだな。君を私から奪おうとする者は許せないから殺すし、私を選ばない君は誰の目にも触れられない場所に閉じ込めてしまうかもしれない」

「え、えーと、冗談……」

「そう、君にはそう見えるの？」

いっそ冗談なのではと言いたくなるくらい軽く返ってきて、でもその視線の強さに慌てて首を横に振った。

間違いない。彼はやる。

そう確信できてしまうような光の消えた目をしている。

これはもしかしなくても、結婚を待ってくれるというだけで『しない』という選択肢は最初からないのではと気づいてしまった。

――え、レンって怖い人？

割と目的のためなら手段を選ばないタイプなのだろうか。

子供の頃のレンは、天使みたいに可愛くて、フワフワしたイメージだったのに。

今まで基本、彼の優しい面しか見てこなかったので、冷たく染み込むような暗さに触れて驚いた。

でも、不思議と嫌だとは思わない。恐怖も感じない。

好意を寄せてくれていることを素直に嬉しいと思える。

ただ、どうしてそこまで想ってくれるのか不思議で、私は疑問を口にした。

「ね、どうしてそこまで私に執着してるの？　私の何がそんなにいいの？」

昔から好きだったにしても、少々いきすぎてはいないだろうか。

私の疑問にレンは目を瞬かせ、眉を寄せる。

「何がいいって……昔からだし、でも好きになった切っ掛けは、やっぱりあの時救ってもらったから、かな」

「救った？　私が？」

「うん」

そうして彼は幼い頃の話を語ってくれた。

まだ私が思い出していない、過去の話だ。

「――あれはちょうど剣の稽古を始めた頃だったかな。私はよく傷だらけで王城の庭に倒れていたんだ。うちの指南役ってほんっと容赦がなくってさ。私は王族だし強くなるためには仕方ないって我慢していたんだけど、やっぱり痛みは辛かったし、精神的にも結構キツイ。でも、愚痴ったところで皆、言うんだよね。一国の王子であれば、耐えるのが当たり前だって」

「……」

黙って話を促す。レンは小さく笑い、話を続けた。

「私もさ、まだ子供だったから馬鹿正直に言われたとおり我慢し続けたんだよ。いつか楽になるから、それまでの辛抱だって。そんな時だよ。両親と一緒に登城していた君と出会ったのは」

レンが遠くを見つめる。どこか懐かしげな眼差しだった。

「ご両親の用事が済むまで、庭を見ておけとでも言われたのかな。私が倒れているところに偶然君が通りかかって、吃驚して声をかけてくれたんだ。大丈夫かって。小さな手で傷だらけの腕や足を手当てしてくれた。君は覚えていないかもだけど」

「ご、ごめんなさい。記憶にないわ」

昨日から色々と思い出しはしているが、レンの話すことに心当たりはない。

「いいさ。本当に昔の話だから忘れていたって当然だし」

「でも……！」

「まあ、聞いてよ。で、手当てを終えた君は、私の話を聞いてくれたんだ。そしてね、辛くて苦しいけど、我慢しなくてはいけないって歯を食いしばった私に『我慢しなくていい。辛かったら辛いって言っていいんだ』と手を握ってくれたんだ。王子でも関係ないんだって。辛いことを口に出しても大丈夫なんだって言ってくれたんだよ」

「……」

パチパチと目を瞬かせる。レンはとても優しい顔をしていた。

「気持ちが軽くなった。痛いって言葉にするだけで、心の重荷が少し減った気がした。君が『大丈夫だよ』と言ってくれると本当に大丈夫な心地になれた。救われたって思ったんだ。……比喩(ひゆ)でもなんでもなくね」

「私、そんなことを……全然覚えてない」

他の記憶と同じように思い出すかと期待したが、全くそんなことはなかった。

もうびっくりするくらい、心当たりがない。

いい感じに思い出すとか、全然なかった。

「別にいいって言ったよ。まあ、そんな感じでね。その時からずっと君のことが好きだし、好きになってもらいたい一心で、まずは友人からと近づいたんだよ。辛い時に優しくしてくれた人に惚れただけって君は思うかもしれない。でも、私が苦しかった時、かけてほしい言葉をくれたのは君だから、この気持ちを嘘だとは思わない」

レンが歩き出す。

ずっと廊下に立ち止まったままだったことに気づき、私も慌てて後を追った。

レンが振り返り、優しく微笑む。

「君と友人になれてからは、できるだけ行動を共にするようにしたかな。君が意外とお転婆で、私を振り回してくれるタイプだったことには驚いたけど、でも新鮮な驚きだった。ますます君が好きになったよ」

「……」

なんと言えばいいのか返答に困る。

何せ、全く思い出せないので。

「うう、ごめんなさい」

「だからいいんだってば。あのね、もしかしたら君は、昔と今の自分では違う、なんて思っているのかもしれないけど、そんなことはないからね。フローラは何も変わっていないよ。昔、私が好きになった君のままだ」

「……そんなこと」

図星を指されたと思った。

ちょうど、まさにレンが指摘したことを考えていたのだ。

彼が好きになったのはあくまでも十年前の私で、決して今の私ではない。

異世界に連れ去られ、聖女候補として過ごした日々は幼い私を確実に歪めた。

性格だって変わった。そう思ったのだけれど。

「あるよ。私が言うんだ。間違いない」

断言するレンを見つめる。

「君は今も優しくて可愛い私のお姫様だ」

彼は自信満々で、確信があるように見えた。

ずっと私を想ってきたというレン。そんな彼が言うのなら、私は変わっていないのかもしれない。

昔、彼が好きになってくれた私のままなのだろう。

――そっか。レンに好かれていてもいいんだ。

なんとなくだけどホッとした。

彼に好かれている理由を聞いて、その決定的瞬間を全く覚えていなかったからこそ不安になったのだ。

彼が好きになった私は、もういないのでは？　と。

それを彼の口から否定され、どうしようもなく嬉しく思った。

だから小さく告げる。

「そ、そう」

「うん」

「そう、なんだ」

短い言葉だったけど、たぶんレンは私が喜んでいることに気づいているような気がした。

フローラと別れたレンは、ひとり執務室へと向かっていた。

今日は彼女が家族と会えるよう手配したが、正解だったようだ。

フローラは終始笑顔で、見ているこちらまで幸せな気持ちになれた。

レンに対する距離感も縮まり、もはや幼馴染みだった頃と変わらない。

己が如何(いか)にフローラを想っているのかも伝えられたし、今後についても話すことができた。

なかなかいい一日だったのではないだろうか。

――だが、問題は明日だ。

笑みを浮かべていたレンの顔が、自然と真顔に戻っていく。

明日からはいよいよ聖女としての訓練が始まる。

聖女としてやっていけるのかと不安がっている彼女のことが心配だった。もちろん全力で支えるつもりではあるけれど。

コツコツと廊下を歩く。レンに気づいた人々が端に寄り、頭を下げた。

「レン殿下よ。相変わらず麗しいわね」

「でもやっぱり氷のように冷たいお顔。聖女様と一緒の時は笑顔だったと聞いたけど、本当なのかしら」

「ちょっと信じられないけど、見てみたい気もするわ。だって私たちには見向きもされないんだもの」

通りすぎた先で、令嬢たちが話しているのが聞こえる。

噂話のタネにされているのは分かったが、レンは特に咎めることはしなかった。

別にどうでもいいからだ。

「兄上」

「……テッド」

正面から女官に連れられた弟がやってきた。

彼は嬉しそうな顔でレンを見つめている。

「兄上、今日もお会いできて嬉しいです！　えっと、お暇なら今から――」

「そのような暇はないと昨日も言ったと思ったけど。お前こそ、きちんと勉強はしているのかな。

先日、家庭教師から逃げ出したという話を聞いたよ」

「え、えっと……」

レンの指摘を受けた弟が気まずそうに目を逸らす。

会話を続けるつもりはないので、彼は止めていた足を動かした。

「あ、兄上！」

「何度も同じことを言わせないでくれ。忙しいんだ」

弟を無視し、歩き出す。

実際、レンに弟を構っている暇はないのだ。

明日から始まる聖女訓練について、担当官たちと話をしなければならない。

フローラが安心して事に挑めるようレンは力を尽くすつもりだった。

ふたりを見ていた先ほどの令嬢たちがまたこそこそと話し出した。

「やっぱり氷の王子様よね。実の弟君（おとうとぎみ）であるテッド殿下にまでこれなんだもの」

「でも、目の保養にはなるわよね。振り向いてはくださらなくても、こうして拝見できるだけで十分だわ」

「そうね。でも、テッド殿下も諦めないわよね。レン殿下が異世界召喚について研究なさっていた間もずっとレン殿下に突撃なさっていたって話だし」

好き放題に話す令嬢たちに思うところはなくもないが、聞かなかったことにした。

弟に懐かれているのは分かっている。

でも、だからどうだというのか。

レンにとってはフローラ以外どうでもよく、それは家族であったとしても変わらないのだ。

第五章

修業開始

次の日、いよいよ聖女としての修業が始まった。

どんな修業をするのだろうと内心怯えていた私だったが、迎えにきてくれたのがレンだったことともあり、少し安心した。

彼とならば大丈夫だろうと、再会してわずか数日で思うようになっていたのである。

元幼馴染み（おさななじみ）とはいえ、慣れすぎだと我ながら思う。

でも、こちらに戻ってきてから、ずっと側（そば）にいてくれたのはレンなのだ。

頼りにするようになっても仕方ないと思う。

そして彼もそんな私の心を理解していたようだった。

「本当は別に担当者がいるんだけどね。私が側についていた方が安心できるんじゃないかと思って。自惚（うぬぼ）れだったら恥ずかしいんだけど」

「そんなことない。レンでよかったと思ってる」

「本当？　かなり無理を言って、代わってもらったからホッとしたよ」

感謝を込めて、レンを見つめる。

よく知らない人と修業と言われるより、馴染みのあるレンの方がいい。

特に、向こうの世界と同じようにまた失敗してしまうかもという気持ちがあったので、彼が一緒なのは心強かった。

「……頑張る」

「無理はしなくて大丈夫だよ。気軽にやってくれていい」

そう言ってくれるのは嬉しいけれど、帰ってきてからの皆の様子を見ていれば、頑張らなければと思うのだ。

どうやら皆、相当聖女としての私に期待を寄せてくれているようだし。

勝手に期待するなと言いたい気持ちもあるけど、国の現状を聞けば、頼りたくなっても仕方ないと思えるし、家族が応援してくれているのを知ってしまったから。

家族にがっかりされたくない。

その気持ちが一番強いかもしれない。

そうして気合いを入れた私がレンに連れてこられたのは、城の隅にある塔だった。

「ここで修業をするの……？」

細長い塔を見上げる。目の前には木でできた入り口があった。レンが持っていた鍵で錠前を外す。

「修業というか、ここで聖獣召喚をしてもらうんだよ」

「聖獣……召喚？」

聞き馴染みのない言葉に首を傾げる。

レンは扉を開け「はい、どうぞ」と中に入るよう促した。おそるおそる塔内に足を踏み入れる。

ちなみにアーロンはいない。彼は気ままなお猫様なので、朝早くに出かけてしまったのだ。

塔の中はがらんとして、私たちの他には誰もいなかったが、大きめの彫像がぽつんと置かれてあった。

美しい中性的な人とその足下にライオンのような生き物が彫られている。人の方は男か女か分からない。

背中に八枚の羽があって、その表情は全ての罪を告白したくなるような慈悲深さに満ち溢れていた。

ライオンの方は使い魔か何かだろうか。怖いというより畏怖のようなものを感じる。

「……天使像……と、ええと、ライオンの像？」

「天使ではなく神だね。この国の神様だよ。この世界を作り上げた創造神ミティア様」

「ミティア様……」

当たり前だが、前の世界とは信仰の対象が違うようだ。

十年以上祈り続けた神の像を思い出す。世界が変われば神の姿も変わるのだ。

それを不思議な気持ちで見つめた。

「これが……こちらの世界の神様なのね」

「こちらというか、君の世界の神様だね。ええと、それで、これからなんだけど」

「……聖女としての力に目覚められるよう、祈りを捧げるんでしょ。知ってるわ」

神の像があって修業というのならそれしかないだろう。

やっぱり神様は違ってもやることは同じなのかと思っていると、レンは「違うよ」と否定した。

「祈ることに意味はあるだろうけど、それと修業とは関係ないよ。だって君はすでに聖女なんだ。聖女に『なる』ための修業は必要ない」

「……そうなの？」

「修業という言い方が悪かったかな。君にしてもらいたいのは、聖獣を呼び出すことなんだ」

「聖獣……さっきも言ってたわね？」

眉根を寄せ、レンに尋ねる。彼は彫像の方を見た。

「神様の足下にいるでしょう？　ほら」

「え」

「あのライオンみたいなのがそうだよ」

「ひぇっ」

ギョッとした。

神様の足下に侍（はべ）るライオンはかなり大きいように見えたからだ。

聖獣なので実際のライオンとは違うのかもしれないけれど、大きな獣のような見た目はやっぱり怖い。

「わ、私、あれを呼び出すの？」

「いや、聖女によって呼び出す聖獣は変わるよ。鳥のような聖獣もいれば、亀のような聖獣もいる。大きさも様々だ」

「ライオンと決まっているわけではないのね」

確認し、ホッとした。

こんな大きな獣が出てきたら、絶対に卒倒する自信がある。

レンが苦笑し、私に言う。

「さすがに彼が出てくることはないと思うよ。あれは聖獣の中でも頂点に位置する特別な存在だから。有史以来、かの聖獣を呼び出せた聖女はひとりもいないと言われている」

「ふうん……」

「それくらい特別な聖獣なんだ。全身に雷を纏うことから雷獣とも呼ばれているね」

「雷を纏っているの？」

どうやらただのライオンではないらしい。しかし、雷を纏うとはより一層怖さが増す。

だがレンの意見は違うようで、声に憧憬を滲ませていた。

「らしいよ。空を駆け、天候すら自在に操る至高の獣。凄まじい力を秘めていると言われている」

「……へえ」

怖いというより頼もしいという声音に、一応は頷いておく。

レンが補足するように告げる。

「まあ、そういうことだから雷獣については気にしなくてもいい。君が呼び出すものとは違うと思うし。聖獣は、聖女が使役する聖なる獣なんだ。聖獣は聖女の願いに応えて、初めてその力を振るう。聖獣の力をもって敵を制圧する。それが聖女という存在かな」

「……前にいた世界とは全然違うのね」

祈りによって、傷を癒やす。それこそが聖女の力で、聖獣を従えるなんて向こうの世界ではなかった。

驚いているとレンが言う。

「傷を癒やすこともできるよ。聖女は聖獣を使って戦いを優位に進めつつ、その力で人々を癒やす。魔物に苦しめられている今、私たちが何よりも望む存在なんだ」

聖獣を使って戦うことができ、本人は他者の傷を癒やすこともできる。

なるほど、皆に切望されるのも当然だ。

つまりはひとりで勇者と聖女を兼ねるみたいなものだな、と理解した。

そして勇者という言葉からひとつ気になったことができた私は、疑問をその場で口にした。

「聖女は直接戦わないの？」

聖獣を使役するというのは、遠くで観戦しているだけでいいのだろうか。

それとも聖女も勇者のように前線に出て戦うのか。

もしそうだとしたら、私には無理だ。そう思ったのだけれど、レンの言葉を聞いて胸を撫で下ろした。

「それはないかな。聖獣に命令を下すだけ。聖女自身に戦闘能力は必要ないよ」

「そう」

それならよかった。

どうやら戦わなくてもいいらしい。

「えっとそれで、召喚って話だけど、どうすればいいの？」

「やり方は簡単だよ。神の像の前でお願いをするんだ。私に相応しい聖獣をお与えくださいって」

「あ、やっぱりそういう感じなのね」

祈るとは少し違うかもしれないが、神様にお願いするという意味では同じようなものだ。

「さ、やってみて」

「うん」

レンに促され、彫像の前に立つ。

あまりピンとこないが、とりあえず膝をついて両手を組み、心の中で祈った。

——どうか私に相応しい聖獣をお与えください。

レンに教えられた通りの言葉を心の中で告げる。

正直、少しワクワクした気持ちがあった。

何せ、前の世界ではいくら祈ってもなんの反応も得られなかったのだ。

だから聖獣が出てくるというのが楽しみだったし、そうすれば、落ちこぼれ聖女候補だった自分とお別れできるような気がした。そう期待していたのだ。

——もう、そろそろいいかしら。

三分ほど待ってから、目を開けた。

一体聖獣はどこにいるのだろうと周囲を確認する。

何もいない。

「？」

キョロキョロと再度辺りを見回すも、レンと私以外、動く者はいなかった。

首を傾げていると、レンが聞いてくる。

「どうしたの？」

「う、うん、お願いしてみてしばらく経ったから聖獣が出てきたかと期待したんだけど……」

「いや、部屋にはなんの変化もないよ。……おかしいな。聖女の呼びかけには必ず応えてくれるはずなんだけど。ごめん。もう一度やってみてくれる？」

「わ、分かったわ」

なんだかすごく嫌な予感がしてきた。

まるで、前の世界の再演みたいな。

また落ちこぼれ聖女候補と虐げられるのではないかという予感にギュッと心臓が縮み上がる。

――き、気のせい。大丈夫、大丈夫よ。ここは異世界ではなく私の世界。ちゃんと神は反応してくださるはず……。

正しい場所に戻ってきたのだから、正しい反応が得られるはずだと必死に思い込む。再度神の像の方を向き、聖獣を与えてくださいと願ってみた。

だが、いくら待ってみても、なんの変化も現れない。

聖獣らしき生き物は姿を見せず、神の像のある部屋は静まり返ったままだ。

「……え、嘘でしょ」

何度も挑戦してみたが、やはり聖獣が姿を見せることはなかった。

徐々に焦燥感が大きくなってくる。

こちらでも自分は落ちこぼれなのか。

信じたくない気持ちでいっぱいだった。

――私、やっぱりダメなの？

失敗という事実を受け止めきれずに愕然とその場に佇む私に、レンが慰めの言葉をかけてくる。

「大丈夫だよ、フローラ。きっと疲れていたんだ。なんせ異世界から戻ってきたばかり。こちらとそちらじゃ何もかもが違う。だから上手くいかなかった。それだけだよ。この世界にもっと慣れれば、きっと聖獣は現れる」

「……でも」

本当にそうだろうか。

やはり私はこの世界でも落ちこぼれでしかないと、そういうことではないのだろうか。

「私……やっぱり聖女ではないかもしれない」

「そんなことないよ！」

失敗するのはそもそも聖女ではないからだ。そう思ったがゆえの発言だったが、レンが強く否定した。

「フローラは間違いなく聖女だ。君の背中にある聖痕が何よりの証拠。君の背中には今も聖痕があるよね？　それなら君が聖女だ。他の誰かなんてあり得ない」

「……」

無意識に背中に手を当てる。

六枚羽の痣。それは今もなお私の背中にあり、昨日だってお風呂上がりに確認したばかりだった。

向こうの世界では気味が悪いと言われ続けた痣が、こちらの世界では聖女の証。

非常に分かりやすい目印で、確かに間違えようがないのだろう。

でも、それならなぜ――。

「私は召喚できないの？」

聖女なら聖獣を召喚できるというのであれば、何故、私にはその力が与えられないのか。

聖女ではないから。

それが理由としては一番しっくりくる。

そう思ったが、レンは頑(かたく)なに否定する。

「我が国の聖女は君で間違いない」と断言してくる。

ならばやはり私は出来損ないの聖女なのだろう。

大きな期待を寄せられたくせに、応えられない出来損ない。

「……」

唇を噛(か)みしめ、俯(うつむ)く。

何度やっても聖獣は出てこない。

気づけば日が暮れていた。

レンは言葉を尽くして慰めてくれたが、私の心が晴れることはなかった。

私が聖獣召喚に失敗したことは、当たり前だが次の日には多くの人々に知られるようになっていた。

国に関わる問題なのだ。レンには報告義務があるだろう。分かっていたので腹は立たないが、皆になんと言われるのかと思うと怖かった。

教主様のように「出来損ない」と罵られたりするのだろうか。もしかしたら「これなら帰ってこなくてもよかった」と言われるかもしれない。

それなりに覚悟していたが、幸いなことに杞憂に終わった。

皆、心から気遣ってくれたのである。

「疲れているからだ」「少し休めば必ずできる」「いや、実は召喚方法が違っていたのかもしれない」と、決して私を責めたりはしなかった。

正直、ものすごく居たたまれない。

責められるに違いないと思っていたのに、真逆の反応。

笑顔で気遣い、優しく接してくれる。

そしてそんなことをされれば、罪悪感だって湧くというもので。

こちらの人々は優しいんだなと思うと同時に、応えられなくて申し訳ないという気持ちでいっぱいになったし、なんとかして聖獣を召喚しなければと躍起になった。

好意には好意で応えたいのが私なのだ。

意地悪や厭味を言われたら「知るか」とも思うが「大丈夫だよ」「気にしなくていいよ」と気遣われると『申し訳ない。もう少し頑張ります』となるのは人として当然ではないだろうか。

少なくとも私はそう。

だから修業二日目も頑張った。

半日、塔の中に籠もり、ひたすら「私に召喚獣を授けたまえ～」と半ばやけくそ気味に祈りまくった。

聖獣が現れるような気配は微塵もなかった。

「しんどい……」

だが神様は応えてくれず、また失敗。

徒労感に肩を落としながらとぼとぼと塔を出る。

正直、二日連続での失敗は結構キツかった。

今日こそはと意気込んでいたから余計にだ。

「あーあ……どこの世界でも私は落ちこぼれ……ふふ、情けな～い」

王城の庭を歩きながら自嘲気味に呟く。

真っ直ぐ自分の部屋に帰る気にならず、途中で方向転換して王城の庭園を散歩することにしたのだけれど、美しい花々に囲まれていると、気が晴れるどころか余計に鬱屈とした気持ちになってくる。

「うう……散歩は失敗だったかも……」

「なう」

「あら、アーロン」

部屋に戻った方がいいだろうかと考え始めたタイミングで、アーロンがやってきた。

少し足下が汚れている。どうやら楽しく遊んできたようだ。

「ふふ、今日はもういいの？」

「なあん」

スリスリとアーロンが足下に頭を擦りつけてくる。その背中を屈んで撫でた。

アーロンが来てくれて多少気持ちを持ち直したので、部屋に戻るのは中止し、散歩を続けることにする。

「綺麗だわ。教会とは大違い」

少し前まで自分が住処としていた教会を思い出す。

教会の敷地面積はそれなりに広かったが、木々は生えっぱなしで、誰も手入れなどしていなかった。

草花も野草ばかりだったから、丁寧に手入れされている薔薇園などを見ると、今までの生活とは全然違うなと思ってしまう。

「地面も整備されているし、さすが王城よね」

実家の庭も美しかったが、また種別の違う美しさだ。

緑の迷路のような庭園には私とアーロン以外、誰もいなかった。

たまに巡回の警備兵が通るくらい。

今日の天気は曇り空だ。太陽の光が眩しすぎず、ちょうどいい。

「アーロン、私、帰ってきても役立たずみたい」

薔薇のアーチを潜り、アーロンに話しかける。アーチの奥は更に多くの薔薇が咲いていた。

「私も頑張っているんだけどなあ。どうすれば上手くいくんだろう」

大きな溜息を吐き、しゃがみ込んでアーロンの頭を撫でる。彼は気持ちいいのか顎を上げキュッと目を細めた。

口がぱかりと開き、鋭い牙が見えている。

「アーロンに言っても仕方ないんだけどね……」

顎を擽る。ゴロゴロという低い音が聞こえてきた。

心地よいというのが伝わってくる音と愛らしい姿に、自然と口元が綻ぶ。

「……可愛い」

アーロンは標準と比べてもかなり大きな猫だが、私にとっては可愛くて仕方のない子なのだ。

更に成長するのなら、してくれても構わない。大きくても小さくても可愛いのがお猫様。

健康でさえあればなんでもいい。

「フローラ、こんなところにいたんだ」

「ん？」

アーロンに癒やされていると、後ろから声が聞こえた。

振り返る。レンが薔薇のアーチを潜っていた。

「レン」

「探したよ。部屋を訪ねてもいないから、どこに行ったのかと焦ったじゃないか」

「ごめんなさい。その、真っ直ぐ部屋に戻る気になれなくて」

「……そっか」

私の表情から察したのだろう。彼はそれ以上聞かなかった。代わりに明るい声で誘いをかけてくる。

「あのさ、よかったら一緒にお茶でもどう？」

「お茶？」

「うん。お腹(なか)、空いてないかと思って。甘いものを食べるのは頭の回転にもいいっていうからね。気分転換にもなるし。実はトールから差し入れをもらっているんだ」

「お兄様から……ええ、食べたいわ！」

兄からという言葉を聞き、目が輝いた。

「そこの猫も一緒にくるかい？」

「いいの？」

「構わないよ。彼さえよければ、食事も出すけどどうする？」

「にゃあ」

アーロンの尻尾がピンと上がった。

どうやら、なんとなくいいことが起こると分かったみたいである。

「欲しいって」

「うん。今のは私にも分かった。本当に賢いんだな」

感心するレンを余所に、アーロンがタシタシと前脚で私の臑を叩く。これは抱っこしろという合図と気づき、抱き上げた。

レンが私を連れて向かったのは、城の一階にある部屋だった。

たくさんソファが置いてある。応接室だろうか。

窓は開け放たれており、テラスに出られるようになっていた。

「テラスでお茶にしようと思ってね。開放感があっていいだろう？」

「ええ、とても」

テラスは先ほどいた庭とは別の庭に繋がっている。外の景色を楽しみながらお茶ができるとは贅沢な話だ。

テラスに出ると、そこにはすでにお茶の用意がされていた。

三段のケーキスタンドがあり、軽食や菓子が載っている。下段には肉が挟まれたサンドイッチやキッシュ、中段にはブッセやロールケーキにゼリー、上段にはマカロンやタルト、カップケーキといったものが並んでいた。どれもとても美味しそうだ。

「わあ……」

「ちなみにトールからの差し入れは上段のマカロンだよ。フローラ、お茶は何にする？」

「レンのおすすめで」

「分かった。それならうちのブレンドを淹れさせる。期待していて」

「ええ」

椅子を引いてもらい、席に着く。

アーロンが腕の中から飛び降りた。逃げようとはせず、近くで耳を掻いている。

待ちの体勢だ。

「レン」

「うん、アーロンの食事も頼むから少し待って」

「ありがとう」

レンが女官を呼び出し、お茶とアーロンの食事を頼む。女官は頭を下げると、すぐにテラスを出て行った。

しばらく待っていると、ワゴンを押して戻ってくる。女官の数が増えていた。

ワゴンの上にはポットとティーカップ。そしてアーロンのご飯と思われる餌皿があった。

「殿下。こちらで宜しいでしょうか。料理長に作らせましたが。猫に有害となる食材は使っていないと申しておりました」

「うん、ありがとう。お茶だけ淹れてくれればあとは自分たちでやるから、君たちは下がってくれるかな」

「かしこまりました。ご用があればいつでもお呼びください」

準備を整え、女官たちが下がっていく。

レンが頷いてくれたので、早速餌皿を持って、アーロンの前に置いた。

「はい、どうぞ。お城の料理長が作ってくれたんだって。アーロンの口に合えばいいけど」

食事を基本外で済ませるアーロンが気に入るかは賭けでしかなかったが、彼はフンフンと何度か匂いを嗅いだあと、がっつくように食べ始めた。

どうやら気に入ってくれたらしい。

私としてはこのまま完全室内飼いに移行したいところだが、アーロンはどう思っているのだろう。少しずつ慣れさせていけば、いつかは叶うだろうか。

安全な場所にいてほしいと思うのだけれど。

「可愛い」

ご飯を食べるアーロンをうっとりと眺めていると、レンが呆れた口調で言った。

「飼い猫が可愛いのは分かったから、私たちも食べない？　さっき女官たちが焼きたてのスコーンを置いて行ってくれたから温かいうちに食べた方がいいと思うんだ」

「え、あ、ごめんなさい」

アーロンが可愛くて、すっかりレンを放置してしまった。

さすがに彼に対して失礼だったと謝罪する。

気を取り直し、アフタヌーンティーを楽しむことにした。

レンの言ったとおり、スコーンは焼きたてでとても美味しかった。レモンが練り込まれていて、爽やかな味がする。ふたつあったもうひとつはイチゴの味がした。

「美味しい」

「喜んでもらえたのなら何よりだよ。上の段のトール作のマカロンもどうぞ」

「もちろんいただくわ」

兄の差し入れだというマカロンは、本職のパティシエが作ったものと言われても信じてしまうくらい美しい。

「すごい……これをお兄様が作ったの？」

「うん、そう聞いているよ」

ただただ、驚きしかない。

十年前も兄のお菓子は絶品だったが、更に進化を遂げていたらしい。

マカロンをそっと手に取り、口に含む。

引くほど美味しかった。

「え、ええ⁉」

「……うん、これは驚きだな」

レンも目を見開いている。

「お兄様、趣味の域を越えてない？」

「趣味で片づけるには惜しい才能だね。うちの厨房に引き抜きたいくらいだよ」

レンが唸(うな)っているが、たぶん、本心だと思う。

そして両親は、この兄の才能を知っているのだろうか。

とはいえ、知ったところでどうしようもないだろうけれど。

兄は公爵家を継がなければならないのだ。ついでに言うと、本好きな兄は非常に賢く、王城の財務部門で働いていると聞いている。

レンがぽそりと言う。

「……トールって、私たち以外には作ったものを渡さないんだよね？」

「ええ。少なくとも昔はそうだったわ。今も……たぶん、そうなんじゃないかしら」

帰宅時の兄の様子を思い出し、答える。

兄はお菓子作りの趣味を隠したいのだ。そんな人が、他人にお菓子を振る舞うかといえば、答えはノー。

「……勿体(もったい)ない」

レンがしみじみと言う。

私も深く頷いた。

この話はここまでにし、素直にスイーツを楽しむことにする。

穏やかな時間が流れている。

たまに風が吹くのが気持ちよく、誰も見ていないこともあり、気負わずお茶を堪能することができた。

レンは終始笑顔で、私を楽しませてくれた。

たぶん、聖獣召喚が上手くいっていないことを私が気に病んでいると知って、少しでも明るくさせようとしてくれているのだ。

——優しいよね。

しみじみと思う。

昔からレンは優しい人だった。

子供時代、一緒に遊んでいた時のことを思い出す。彼はいつでも私を気遣い、優しい笑みを崩さず、側にいてくれた。

辛いことがあれば真摯(しんし)に話を聞いてくれたし、楽しいことがあれば一緒に喜んでくれた。私が好き放題振り回しても、笑顔で付き合ってくれた。

当然、そんな彼を私はすぐに大好きになり、初恋の人となったのだけれど、その時と彼は変わっていないのだなと改めて実感した。

昔のままだ。昔のまま、レンは今も優しい。

その思いが言葉になって口からこぼれる。無自覚に告げた。

「レンって本当、優しいわよね」

「ん？」

兄作のチョコレートを食べていたレンがこちらを見る。

不思議そうな眼差し（まなざし）を向けられ、分かっていないのだなあと思った。

「昔からレンは優しかったって思い出してたの」

「そう、かな？」

自覚がないのか、首を傾げるレン。しばらく考え込んでいた彼だったがやがて私を見て言った。

「いや、そう言ってくれるのは嬉しいけど、別に優しくないと思う。もし優しいとしたら君に対してだけだ。私の優しさは君にしか向かない」

「そ、そうなの？」

「うん。誰かから私の噂は聞かなかった？　怖い王子だってさ」

「え」

自分で『怖い王子』と言ってしまうレンをまじまじと見つめる。

「そ、その……氷のような王子様っていうのは聞いた、けど」

帰還した次の日、声をかけてきた令嬢から聞いたことを思い出しながら告げると、レンは「そのとおり」と頷いた。

「間違ってないよ。私は好きな人にだけ優しくしたいタイプだから。他はどうでもいいんだ」

「どうでもいいって」

「実際どうでもいいんだから仕方ないじゃないか。君さえいてくれればいいって本心から思ってる。だいたい今までの私は大事な部分が欠けた状態だったんだよ。それをようやく取り戻したんだ。君だけを注視したいと思って何が悪い？」

「ええー……」

なんだそれと眉を寄せる。レンが私を指差した。

「分からないかな？　フローラのことなんだけど。唯一と決めた存在が失われた状態。大事な部分が欠けたって表現は間違っていないと思うし、事実私はそう思っていた」

「……そう、なの？」

「君以外の全て、どうでもいい。これが私の本心だよ」

激しい。

激しくも重い愛に「わあ……」という感想しか出てこない。

それでもなんとか口を開いた。

「えっと、王子様がそれではダメだと思うけど」

博愛主義、はいきすぎかもしれないが、民を愛するのが王族というものではないのだろうか。

だがレンは否定的だ。

「そう？　別にいいんじゃない？　まあ、君がそう言うのなら、らしくはしてみるよ。君の願いならなんでも叶えたいって思うからね。王子らしくしろと言うのならそうするし、賢君になれというのならなってみせる。君だけが私の行動を変えることができるんだ」

ニッと笑って告げるレンの顔は誰が見ても本気だった。

「どうかな？　私のお姫様は私をどうしたい？」

言ってみろと促されたが、答えられるはずもない。

「いや、私はその……」

「考えといて。君の願うとおりにするから。でも本当にこのマカロン美味しいな。ほんっと、専属パティシエとして雇いたいよ。財務から引き抜きできないかな」

「ええー……」

何事もなかったかのように話題を変えるレンにがっくりした。

とはいえ、答えろと言われても無理だったので、話を変えてくれたのは有り難い。

なんだかなあと思っていると、レンが思いついたように言った。

「あ、そうだ。よかったら、フローラがいた世界について聞かせてよ。なんか、魔王がいるって話だけど。魔物たちを取りまとめているんだって？」

「え、ええ」

話を振られて驚いたが、特に隠すようなことでもない。

私は魔王が魔物を率いて世界征服を企んでいたということと、それに対抗して勇者と聖女、あと時々魔法使いが派遣されていたことを語った。

話を聞き終わったレンが腕を組み、頷く。

「あまりこちらと状況は変わらないってことか」

「そうね。たぶん、そうなんだと思うわ。私はずっと教会にいたから、外の情報には詳しくないんだけど」

それ以上は分からないと告げる。

実際、私はほとんど何も知らされていなかったのだ。

もしかしたら異世界からきた女にできるだけ情報を渡したくなかったのかもしれないけれど、今となっては分からない。

「ふうん。ま、うちも魔王こそいないけど、魔物が出る頻度(ひんど)が高いからね。負傷者がとにかく多くて、まともに戦える人間が減ってるというのが目下の悩みかな。私も前線には出ているけど、手が足りていないのはヒシヒシと感じるよ。向こうはどんどん数を増やしてるっていうのに。いつまで湧き出てくるのか、いい加減にしてもらいたいよ、本当」

「前線？　レン、戦っているの？」

ブチブチと愚痴り出したレンの言葉を聞き咎め、尋ねる。レンはあっさり肯定した。

「うん。うちは勇者みたいな存在もいないし、戦える者は誰だって戦わないと。それに私が出ると士気が上がるんだ。勝率も、なんなら負傷率も変わる。出ないわけにはいかないんだよね」

「そう、なんだ」

王子が最前線で戦い、鼓舞すれば、それは士気も上がるだろう。

納得ではあるが、レンもまた前線に出て戦っているのだと知り、驚いた。

王族なんて一番後ろにいて、命令を出しているだけだと思い込んでいたので吃驚だ。

でも、王族すら前に出て戦わなければならないのならば、状況的には前いた世界よりもこちらの世界の方が厳しいのではないだろうか。

それは聖女も強く求められるだろうし、期待される。

——でも、私はポンコツで、結果の出せない聖女なのよね。

真剣に求められているのに応えられない出来損ない。

現在の状況を詳しく知ったからだろう。より一層、罪悪感が強くなった気がした。

◇◇◇

レンとお茶をしてから二週間が経った。

その間、私は毎日聖獣召喚を試みた。

レンから今の世界情勢を聞き、役立たずのままではいられないと強く思ったからだ。あと、やっぱり家族にがっかりされたくなかった。

私のモットーは、「私を大事に想ってくれる人に応えたい」なので、頑張らざるを得ないのである。

どうか力になってくれないかという気持ちを込めて毎日祈りを捧げているが、いまだになんの反応もない。

どうして聖獣が応えてくれないのか、レンも、聖女に詳しい専門家たちも全く分からずお手上げ状態だった。

「何が悪いんだろう」

今日も今日とて召喚に失敗した私は、アーロンと共にとぼとぼと自室に向かっていた。

私なりにではあるが、それでも必死に祈っているのに、神も聖獣も応えてはくれない。

それがすごく辛いし、成果を出せない私に対し、皆が優しいのも輪をかけて辛かった。

いっそ責めてくれた方が楽なのに、この国の人たちは誰ひとりとして私を責めようとしないのだ。

初めて召喚に挑戦した時から二週間以上経っているというのに彼らは皆「大丈夫だ」「そのうちできるようになる」「気にしなくていい」と辛抱強く声をかけてくれる。

何故、こんなにも優しくしてくれるのだろう。

本当に謎だし、申し訳なさでいっぱいになって苦しかった。

「はあ……」

王城の廊下を歩く。

キラキラした王城の廊下は通常の精神状態なら「綺麗だなあ」と楽しい気持ちで眺められるのだが、落ち込んだ気持ちの時に見ると「鬱陶しいな」という真逆の感想が湧き上がる。

廊下はギャラリーになっていて、様々な美術品が並んでいる。中には鏡もあって、白いフレアワンピースを着た私の姿が映し出されていた。

私用にと用意されたドレスやワンピースは露出部が少なく、清楚なデザインのものが多い。

綺麗な服を着られるのは嬉しいけど、期待に応えられていない今は、分不相応なのではと思ってしまい、キツイ。

しかも沈んだ表情をしているせいで、あまり似合っていないように見えた。

「駄目駄目。後ろ向きになるのはよくない。私は前向きなのが取り柄なんだから……」

思考がどんどん暗くなっていることに気づき、自分の頰を両手で叩く。

前は、他にもたくさん聖女候補がいたということもあり、あまり自分が落ちこぼれでも気にしていなかったのだが、ここでは私ひとりが聖女という状況。

しかも上手くいっていないのだ。

どうしたって落ち込みやすくなってしまう。

気づくたびになんとか自分の気持ちを盛り上げるようにはしているが、それにも限界があると気づいていた。

本格的にダメになる前に、なんとか聖獣を呼び出さなければ。

そう思うが、気持ちばかりが急(せ)いて空回りしているのが現状。

全くもって嫌になる。

「……あの」

「あ、はい」

思い悩んでいたからだろうか。近くに人がいたことに気づかなかった。

返事をする。

声をかけてきたのは背の低い少年だった。

色合いがレンと同じだ。金髪に紫色の瞳をしている。

とても可愛らしい男の子だった。

まだ十歳くらいに見える。

男の子はとても不機嫌そうな顔で私を見ていた。

「えっと、どちら様ですか？」

こんな子供初めて見たと思いながらも、念のため敬語で話しかける。

レンの関係者なら友達口調で話すのはまずいと思ったからだ。

「……僕は、テッド。この国の第二王子だよ」

「第二王子って……レンの弟、ですか？」

「レン、ね。まあ、そうだよ。第一王子であるレンは僕の兄上だ」

「……あ、やっぱり血縁者だったんだ……」

まじまじと少年を見つめる。

弟と聞いてから見ると、なんだかレンとよく似ているような気がした。

まだ小さいし、たぶん私が異世界に行っている間に生まれた子なのだろう。

弟がいたのなら教えてくれたらよかったのにと思いながら名乗った。

「申し遅れました。フローラ・リンベルトでございます」

「リンベルト公爵の娘で、異世界から兄上が引き戻した聖女だよね？」

「そ、そうです」

「二週間経っても、聖獣を召喚できない出来損ないの聖女。合ってる？」

「っ……！」

鋭い言葉で告げられ、息を呑んだ。

少年――テッドは私を強い目で睨みつけている。

「兄上が苦労して引き戻したにもかかわらず、二週間が経ってもなんの成果も上げられない出来損ない。それが君かって聞いてるんだけど？」

「わ、私……」

「馬鹿みたいだ。聖女が戻れば全ては好転する。そう聞いていたのに現実はこれなんだから。これなら戻ってこなくてよかったよ。兄上は取られるし、なんの役にも立たない。何ひとついいことがないじゃないか！」

厳しい言葉に何も返せない。

テッドが言うことは、私がずっとこう言われるだろうと思っていた言葉ばかりで、想像はしていたけれど、実際に言われてみると刃物で切りつけられたかのような痛みを感じた。

彼は憎々しげに私を見ている。

こちらに戻ってきて初めての強い剝き出しの悪意が、どうしようもなく辛かった。

今までずっと優しくされていたから、悪意に対する耐性がなくなっていたのだ。

構えていなかったところにぐさりときたキツイ言葉に身体が勝手に震え出す。

テッドが意地悪い顔をして捲したてた。

「君は知らないだろうけどね、皆がっかりしているんだよ。言わないだけで本当はどうしてうちの聖女はあんな出来損ないなんだって思ってる。君は彼らの優しさを真に受けてるんだろうけど、大違いだ！」

「っ！」

強い悪意をぶつけられ唇を噛みしめる。

だけど同時に、テッドの言うとおりなのだろうなとも思った。

だってテッドが言ったことは、ずっと、そうなのだろうなと考えていたままの内容だったから。

皆、優しい言葉をかけてくれるけど、それはきっと本心ではないはずだ。

そう心のどこかで思っていた。それを暴かれた心地になった。

「ふしゃー！　しゃーっ！」

足下にいたアーロンが、まるで私を守ろうとするかのように前に出て、テッドに向かって威嚇する。

慌ててアーロンを止めようとしたが、それより先に少年が叫んだ。

「その猫だってさっさと捨ててしまえばいいんだ！　どうせ聖獣と契約したら捨てなければならない運命なんだからっ！」

「えっ……」

聞き捨てならない言葉に、目を見開く。

「どういうこと？」

「知らないの？　それなら教えてあげる。聖獣はね、すごく嫉妬深いんだ。自分を使役する聖女が己以外の獣を可愛がることをよしとしないんだよ。猫なんて一瞬で追い払われるよね」

「……嘘」

「嘘じゃないよ。疑うんなら他の人にも聞けばいい。聖女関係者なら間違いなく知っていることだから」

吐き捨てるように言われ、呆然とした。

聖獣を召喚しろと言われ、望まれるままに頑張っていた。だがそれが、アーロンと別れることに繋がるなんて知らなかった。

聞かなかった私が悪いのかもしれない。

でも、レンだって何も言わなかった。

アーロンが私の家族だと理解してくれていたのにもかかわらず、聖獣を召喚したあとのことを教えてくれなかったのだ。

それは酷い裏切りのように思えて、今まで信じていたものが音を立てて崩れた気分だった。

心臓に針を刺されたような痛みが走る。

これ以上、テッドの言葉を聞きたくなかった。

「っ……」

テッドに向かって威嚇(いかく)していたアーロンを抱き上げ、背を向ける。

そのまま逃げるように走り出した。

「おい！　ちょっと！　逃げるのかよ」

怒鳴(どな)りつけられたが、足は止めなかった。目に涙が滲んでいく。

言われたこと全てがショックで、気持ちの整理が追いつかない。

勢いのまま走り、自分の部屋へと駆け込んだ。

内側から鍵をかけ、息を整える。

「はあ、はあ、はあ……」

心臓があり得ないくらいの速さで脈を打っていた。

腕の中に抱えたアーロンがペロペロと私の頬を舐めてくれる。

ザラザラした舌は痛かったが、愛おしいという気持ちにしかならなかった。

私が辛い時はいつも側にいてくれたアーロン。

彼を手放すなんてとんでもない。

「やだ……いやだ……」

ギュッとアーロンを抱きしめる。

強い抱擁にアーロンが暴れるも、離さなかった。

「ずっと一緒だもの……」

次の日の早朝、私はアーロンを連れて、城を出た。

朝もまだ早い時間、レンが着替えていると、弟がやってきた。

扉を開ければ、泣きそうな顔でレンを見ている。

「兄上……」

「……どうした？」

普段の彼なら追い返すところだ。だが、何故か虫の知らせのようなものを感じ、弟を招き入れた。

弟は「ごめんなさい」と小声で謝罪の言葉を紡ぎながら部屋の中に入ってくる。

「で？　用件があるのなら手短に頼むよ。フローラを迎えに行きたいんだ」

朝食を共にしないかと誘いをかけるつもりなのだ。

ここのところフローラはあまり元気がなく、レンなりに励まそうと思ってのことだった。

「……その聖女様のことなんですけど、昨日、彼女に酷いことを言ってしまって」

「は？」

ボソボソと告げる弟をレンは凝視した。

「何を言った」

「その、二週間もなんの成果も出せない君に皆ガッカリしているとか、猫を捨ててしまえばいいとかそういうことを……」

「……」

弟の話を聞き、レンは己の顔が怒りで歪(ゆが)んでいくのが分かった。

フローラが聖女として成果を出せていないのは本当だ。そしてそれを彼女が気にしているのも知っていた。

だから励まそうと思っているのだし、そもそも彼としてはフローラを責めるつもりは毛頭なく、長い目で見ればいいと考えていた。それは皆だってそうだ。

それなのに弟は事実と反することを告げ、いたずらにフローラを傷つけたのだと言う。あまりのことにレンはたまらず声を荒らげた。

「テッド！　お前はどうしてそんな嘘を！」

「ごめんなさい……！　僕、兄上に気にかけてもらえる聖女様が羨(うらや)ましくて。兄上がこんなにも気を配っているのに結果も出せない。そのくせへらへらしているのが許せなかったんです！」

「フローラはへらへらなんてしていない。結果を出せない己を誰よりも責めていた。それを――」

「ごめんなさい、ごめんなさい。僕が悪かったんです。兄上に構ってもらえる聖女様に嫉妬して、嘘を吐いてまで傷つけた僕が全部悪かったんだ……！」

一晩経って冷静になり、己の行いを後悔し始めたのだろう。だからこうしてレンのもとに懺悔にきたのだ。

レンは怒鳴りつけたい気持ちを堪え、涙を流す弟に告げた。

「テッド。それを謝る相手は私ではないよ。……お前にも分かっているだろう？」

「……はい。僕、聖女様に謝りたいです」

「お前はまだ十歳だし、弟の不始末は兄の責任でもある。一緒に行ってあげるから、あとは自分で頑張ること。分かったね？」

「はい」

涙ながらに頷く弟の手を引き、フローラの部屋へと向かう。

そうしながらもレンの心の中はフローラのことでいっぱいだった。

心ない言葉の数々に、彼女はきっと傷ついたに違いない。

弟に謝らせるのはもちろんだけれど、自分も兄として謝罪しなければならない。

心根の優しいフローラがどれほど辛い思いをしたのかと思うと、気が気ではなかった。

フローラの部屋に着く。ノックをし、声をかけた。

「フローラ、私だけど入ってもいいかな」

返事がない。

いつもならすぐに返事があって扉を開けてくれるのに、何度レンが声をかけても応答はなかった。

「……入るよ」

なんとなく不安になり、声をかけてから扉を開ける。

鍵はかかっておらず、部屋の中はもぬけの殻だった。

「え……」

どこかに出かけているのかとも思ったが、すぐに思い至った。

弟に責められたフローラは逃げ出したのだ。

愛猫（あいびょう）の姿もない。きっと彼だけを連れて出て行ったのだろう。

「……え、聖女様は？」

まだ状況を把握できていない弟が首を傾げている。

そんな彼にレンは冷たく告げた。

「おそらくフローラは城を出たんだ。お前に責められて、耐えきれなくなったんだろうね」

「そんな」

「これがお前の仕出かしたことの結果だよ」

「僕……そんなつもりじゃ……」

「こうなる可能性があると思ったからこそ、私は慎重に事を進めていたんだ。彼女は聖女という立場にずっと不安を感じていたからね。それをお前は一瞬で崩してくれたわけだ」

「あ、兄上……僕、どうしたら……」

「どうもこうもない。――私が追う」

狼狽する弟にキッパリと告げる。

「兵士は出さなくていい。あまり大勢で行くと、驚かせてしまうからね。私がフローラを連れ戻す。戻ってくるまでお前はいつもどおりにしていること。分かったね？」

「で、でも……」

「ただし、帰ってきたら誠心誠意彼女に謝ることだ」

「……はい」

「分かったら、自室に戻りなさい」

弟の返事を待たず、厩舎へと向かう。すでに弟のことなどレンの頭にはなかった。

「フローラ……」

馬に跨がり、王城を出る。どちらへ向かえばいいのかも分からなかったが、外に出てそこまで時間は経っていないはず。しらみつぶしに探せば、なんとかなるだろうと思った。

馬で駆けながら、考える。

きっとフローラは弟の言葉に酷く傷ついたはず。レンが訪ねていっても「帰らない」と言われてしまう可能性は高そうだ。

「それでもいい」

フローラが出て行くというのなら、ついて行くだけだから。

レンが許せないのは、フローラと離れること。

すでに一度、十年という長きに亘る時間、引き離されたのだ。

これ以上なんて耐えきれる気がしないし、別離に甘んじるつもりもなかった。

「君が出て行くのなら私もだ」

王太子という義務も立場も、フローラと共にいる枷となるのならレンにとっては要らないものだ。

どこまでも彼女と行く。

フローラを取り戻した時、二度と離れないと決めたのだから。

「待ってて。すぐに追いつくから」

微笑みを浮かべる。

国を捨てるなんてレンにとっては容易なこと。

何よりも耐え難いのはフローラを失うことなのだと、彼は十年も前に思い知っていた。

第六章

聖女覚醒

「絶対に無理なんだから……」

ざくざくと勢いよく道を歩く。

隣を歩くアーロンが「なう？」と鳴いた。

後ろを振り返れば、王城が遠くに見える。

警備兵の隙を突いて王都を出てきたのだ。正直、こんなに上手くいくとは思わなかったのだけれど、早朝ということもあり警備が甘かったのだろう。運がよかった。

昨日、テッドに強く責められ、隠された真実を知った私は部屋に籠もって考えた。

このまま、王城にいてもいいのか。

今は失敗しているからいいが、もし聖獣召喚に成功したらどうするのか。

考えれば考えるほど、王城に留まるという選択肢は見当たらなくて、衝動のまま外に出ることを決めてしまった。

アーロンを手放すことも受け入れられないが、そもそも失敗続きで皆の期待に応えられていないという負い目もあった。

身の置き所がないと言えばいいのだろうか。

何も結果を出せていないのに、王城で女官たちに世話をされている現状が辛かったこともあったから、遅かれ早かれ、外に出る決断をしたような気もする。

「どこに向かおうかな」

勢いで出てきたので、目的地などあるはずがない。しかも昨日の格好のままで着替えもしなかった。

一瞬、実家に帰ろうとも考えたが、すぐにナシだと気がついた。

だって実家は王城のすぐ近くだ。しかも家族は私が聖女として役目を果たすことを願っている。

そんな家族の元へ戻ったところで追い返されるだけ、もしくは迎えを呼ばれるのがオチ。

聖獣召喚を拒否したい今の私の味方にはなってくれないのである。

だからまずはと王都を出たのだけれど、早速詰んだかもしれないと思い始めていた。

何せ地理が全く分からない。

更には、手ぶらで出てきてしまった。

せめて数日分の食料なり着替えなりを持ってくればよかったと気づいたのは、王都を出たあと。

今更戻れないと腹を括って歩いているのだけれど、考えてみれば私はお金を持っていない。

行き倒れになる未来しか見えないのである。

「ううう……どうしよう」

考えなしすぎて泣きそうだが、さすがに引き返せない。

太陽はすでに高く上っており、私がいなくなったことは城の皆も気づいただろうから。

そんな中のこのこと戻れないし、戻ったところでどうするというのか。

知るまではなんとか聖獣召喚をしたいと思っていたが、今の私は断固拒否の構えだ。

アーロンと引き離されるなんて冗談じゃない。

つまりは先行きも絶望的なら、帰ることもできないという状況なのだ。

どうすればいいか分からないし、でも、前に進むしかないから足を動かしている。

「はー……喉、渇いてきたな……」

足を止め、空を見上げる。

綺麗な青空に太陽が輝いていた。遠慮なく熱線が降り注ぐ。

今、私が歩いているのは、道すらない砂利の上。

周囲には人っ子ひとりおらず、民家らしきものもない。

王都から出て、一番誤算だったのがこれだ。

道くらいあって、それを辿ればすぐに近くの村なり町なりに行けるものとばかり考えていた。

「なんにもないのよね……」

見渡す限り、何もない地面が広がっているだけ。

丈の短い草くらいは生えているが、荒涼とした大地は寂しいばかりだ。

向かう方角を間違えたのだろうか。とはいえ、どちらに行けばいいのかも分からないのだけれど。

王城の尖塔は見えるから帰る方角は分かるが、絶対にそちらに行きたくないし、でも、そろそろ限界なのかなとも思う。

強がったって、行き倒れるだけ。

アーロンまで巻き込んでは意味がない。

そう思っていると、突然、アーロンが「フシャー！」と警戒する声を出した。

四本の脚を張り、何かに向かって強く威嚇（いかく）している。

「ア、アーロン？　どうしたの？」

アーロンが何に対して声を上げているのか分からず、動揺する。

周囲を見回しても、私たちの他に誰もいない。

どうにかアーロンを鎮めようとしても、彼は威嚇を止（や）めなかった。

「あ……」

突然、私たちの目の前の空間がぐにゃりと曲がった。そこから、四本脚の奇妙な形をした真っ黒な生き物が這（は）い出てくる。

大きさ的に一瞬、熊かと思った。だがその生き物には目がなく、背中には無数の棘（とげ）が生えていた。

しかも鼻を覆いたくなるような異臭がする。

目がないのに口には鋭い牙（きば）がある。噛（か）まれでもすればショック死することは間違いないだろう。

見ただけで、足下から恐怖が這い上がってくる。嫌悪感がものすごくて、身体の震えが止まらない。

こんなの普通の生き物のはずがなかった。

——もしかして。

「……ま、魔物？」

レンが、王都の外では魔物の脅威にさらされていると言っていたことを思い出し、呟いた。

恐怖のためか、声が震える。

つい最近まで、魔王のいる世界にいた私ではあるが、幸運なことに一度も魔王や魔物を見たことがなかったのだ。

教会という場所で守られていた。当然、戦いなんてしたこともない。

「ひっ……」

空間の歪みはなくならず、続けて同じ魔物が出てくる。

魔物が五匹出たところで歪みは消えたが、皆、明らかに私とアーロンを敵視していた。

「に、逃げなきゃ……」

そう思うも、足が地面に縫いつけられたように動かない。

それどころか、恐怖によって身体から力が抜け、尻餅をついてしまった。

「あっ……」

——痛い。

起き上がろうと思っても動けない。完全に腰が引けてしまっているのだ。

私が怖がっていることに気づいているのか、魔物が嬲(なぶ)るようにゆっくりと近づいてくる。

「や……いや……」

怖い、と思わず目を瞑(つむ)った時だった。

「うー……！　シャアッ！」

「アーロン⁉」

アーロンが一際大きな声を上げ、魔物の一匹に飛びかかったのだ。

口を大きく開け、魔物の喉元に噛みつく。アーロンの勢いに魔物は怯(ひる)んだが、すぐに振り払った。

アーロンは猫としては大きい部類だが、魔物の前では大人と子供くらいの差がある。

しかも多勢(たぜい)に無勢(ぶぜい)。

敵(かな)うはずがなかった。

「アーロン！　逃げて‼」

振り払われたアーロンに向かって叫ぶ。

アーロンだけでも逃げてほしかったのだ。

だがアーロンは体勢を整え直すと、再度魔物に向かっていく。

アーロンが狙ったのは私に一番近い魔物だ。

それだけで彼が私を守ろうとしているのが分かり、泣きそうになった。

「もういい！　もういいから!!」

涙ながらに叫ぶ。

アーロンが魔物の爪に攻撃され、地面に打ちつけられる。その白い毛並みには血が滲んでいた。白に混じる赤にゾッとする。アーロンが死んでしまったらと思うと、どうしようもなく怖かった。

「アーロン！　お願いだから逃げてっ！」

私はいい。

逃げ出したのは私の判断で、今、魔物に襲われているのも自業自得だから。

でもアーロンは違うのだ。

私が連れてきた。

私が異世界に連れてきて、そして今、こんなところにまで同行させている。

私のせいでアーロンは今、自分よりも何倍も大きな魔物と戦うハメになっているのだ。

そんなの許されるはずがなかった。

血だらけの身体を起こし、アーロンが再度攻撃態勢を取る。

アーロンの目は戦闘意欲を失っていない。

爛々と輝き、魔物を見据えていた。

だけど劣勢なのは変わらない。

魔物はさしてダメージを負っていないし、頭数（とうすう）だって減っていない。

遠からず、アーロンは打ち倒されるだろう。

それは確定した未来だった。

「ダメ……！　もうやめて……！　逃げて……！」

これ以上アーロンが傷つくところを見たくない。

凄（すさ）まじい後悔が私を襲う。

アーロンと離れたくなくて、私は王城から逃げ出した。

家族のようにも思っていたアーロンと一緒にいたかった。でも、それは間違いだったのだ。

言われたとおり聖獣を呼び出して、そのあとは大人しくアーロンと離れていればよかった。

そうすれば、少なくとも彼は今のような目には遭（あ）わなかった。

私は寂しいけれど、彼は強い子だ。ひとりで逞（たくま）しく生きていけたのに。

私の我が儘（まま）で連れ出した結果、彼は命を失うかもしれない瀬戸際に立たされている。

「ごめん……ごめんなさい」

一時の感情に流されて、王城を出るのではなかった。

後悔しても、時間は戻らない。

どんなに己の愚（おろ）かな行動を悔やんでも、今、アーロンが魔物に痛めつけられている事実は変わらない。

「フシャー！」

尻尾を逆立て、目を三角にしたアーロンが爪で魔物を攻撃する。

だがリーチが違う。そもそもの大きさが違う。

魔物は鬱陶しげに彼を払うだけ。それだけでアーロンは新たな傷を負った。

見ていられない。

助けに行きたいのに、身体が動かない。

いくら叱咤しても、恐怖で固まった身体はいうことを聞いてくれなくて、泣きたくなった。

――アーロンが戦ってくれているのに、私は助けることもできないの⁉

身体さえ動けば、彼を抱き上げ、逃がせたかもしれないのに。

庇うことくらいはできたかもしれないのに……！

弱い自分が情けない。

このままアーロンが傷つけられるのを黙って見ているしかないのか。

唇を嚙みしめる。

その時だった。

馬に乗った何者かが私の側を駆け抜けて行ったのだ。

「え……」

「無事でよかった。少し待ってて。すぐに片づけるから」

「へ」

擦(す)れ違いざまにそう声をかけられる。

安心させるように優しく笑い、魔物に向かって行ったのは、ここにはいないはずのレンだった。

彼は馬から飛び降りると、腰に提(さ)げた細身の剣を引き抜き、魔物へと振り下ろした。

「あ……」

一体何がどうなったのか。

ほんの瞬(またた)きの間に、彼は魔物の首を落としてしまった。

レンは薄く笑うと、二体目の魔物に剣を向ける。

魔物が怯む。それを見逃すレンではなかった。

軽く地面を蹴ると、信じられない速さで剣を振るう。二体目が血を噴き出しながら地面へ倒れた。

ほっそりしたレンが放つ神業に、開いた口がふさがらない。

レンは次にアーロンが戦っていた魔物を目標に定めた。

アーロンが魔物から離れたタイミングで喉元に剣を突き刺す。あっという間に三体目も倒してしまった。

「す、すごい……」

いつもの王子様然とした格好のレンから繰り出される恐ろしいまでの速さを誇る剣技をただた

だ見つめる。

乗り手を失ったレンの馬が少し離れた場所で留まっているのが見えた。

どうやら主人を大人しく待っているようだ。よく訓練された馬なのだろう。普通なら逃げると思うのに驚きだ。

レンが戦うのを唖然としながら見ていると、アーロンが側に戻ってきた。

「なあ」

「え、あ、アーロン……」

慌ててアーロンを抱き寄せる。荷物は何も持っていないが、着ていたワンピースのポケットからハンカチを取り出し、血が滲み出ている場所を必死に拭った。

幸いにも掠り傷ばかりのようだ。

ホッと息を吐き、なんとか立ち上がる。

レンを見れば、彼はちょうど最後の一体を倒したところだった。

五体もの魔物を倒したというのに、息ひとつ乱れていない。

戦場に立っているという話は聞いていたが、彼の実力を目の当たりにしたのはこれが初めてだった。

他を知っているわけではないが、恐ろしく強い。

そんな彼は剣を数度振って血糊を飛ばすと、鞘へと収めた。

一息吐き、振り返る。

「フローラ！」

そうしてこちらに駆け寄ってくる。

「くるのが遅くなってごめん。怖かったよね？　怪我は？　あいつらに怪我はさせられなかった？」

「だ、大丈夫。アーロンが守ってくれたから……」

アーロンのお陰で、私は小さな怪我すら負っていない。更に言えば、レンがきてくれたお陰で、ふたりとも助かった。

「そ、その……ありがとう」

レンがいなければ、間違いなくふたりとも魔物にやられていたはずだ。

さっきまで魔物がいたところを見れば、そこには死体があるだけ。新たな魔物が出てきたりはしていない。そのことに心から安堵した。

「よ、よかった……もう、いないんだ」

「運が悪かったね。魔物の発生するタイミングにちょうど鉢合わせたんだ。あいつらは前触れもなく突然現れるから」

「……どこに現れるとかあるの？」

「今のところ知られているポイントは五カ所かな。ここは今までノーマークだったんだけど、今度から人を派遣して様子を見ておく必要があるね。魔物は同じ場所から何度でも現れるから。発生箇所を潰すことができればいいんだけど、今のところ方法は見つかっていなくて」

「そう、なんだ……」

新しい魔物の発生場所に偶然遭遇（そうぐう）してしまったらしい。

自分の運の悪さに俯（うつむ）く。

レンは慰めるようにポンポンと私の背中を叩いた。

優しい仕草（しぐさ）に目が潤みそうになったが、そこでハッとする。

どうしてレンがここにいるのか、ようやく気になったのだ。

「レ、レン……どうしてここに……」

震える声で尋ねる。

レンは私から目を逸らすと、申し訳なさそうに言った。

「……今朝方（けさがた）、弟が私を訪ねてきたんだ。昨日、君に馬鹿なことを言ったって。謝りたいって弟は反省してた。話を聞いた私が弟を連れて君の部屋を訪ねたんだけど……」

部屋はもぬけの殻で、事情を察したレンが私を追ってきたということだった。

「本当に間に合ってよかったよ。どこに行ったのか分からなかったから当てずっぽうで探すしかなくて、無駄に時間がかかってしまった。着の身着のまま出てきたんだね。こんな何もない場所で辛かっただろう。もう大丈夫だから」

「わ、私、帰らないから！」

レンが迎えにきたのだと悟り、叫んだ。彼は宥めるように私に言う。

「弟が本当にごめん。話を聞いて、卒倒するかと思ったよ。君のことを何も考えていない発言だよね。許されないことを言ったと分かってる。でもあれは弟の本心ではないし、今は本当に反省している。君に謝りたいって、泣いていたよ」

「弟さんが謝る必要なんてないわ。彼の言ったことは何も間違ってないもの。私は皆の期待に応えられない落ちこぼれ。それに聞いたわ。聖獣を召喚すれば、アーロンと離れなければならないって。そんなの私、無理だもの」

先ほど、アーロンを手放す選択をすればよかったと思ったことなど放り投げ、レンに詰め寄る。

「……どうして何も言ってくれなかったの？」

聖獣召喚を行えば、アーロンと離れなければならないことを。

そう問いかける。

だが返ってきたのは予想もしない答えだった。

「……確かに、君の猫だと言えば聖獣は嫌がる。だから私の猫にすればいいかと思ったんだ」

「へ……」

「弟の言ったことは本当だよ。聖獣は召喚者である聖女が自分以外の獣を飼うことを許さない。だからさ、君の側にいる私が所有者ということにすれば、今までどおりでいられるなって考えていたんだけど」

「……」

レンの言葉を反芻（はんすう）する。

つまり彼は、建前だけでも所有者を変えておけばなんとかなると言っているのだ。

「……はあ⁉」

「え、でもだってそうだろう？　君にとって、その猫が大切な存在だってことは分かってる。でも、聖獣を召喚してもらわないと困るのは本当だから、なんとか離れないで済む方法を考えたんだけど。君と私はいずれ結婚するわけだし、この方法が一番丸く収まると思ったんだ」

「……聖獣に『その猫は自分の猫であり、聖女が飼っているわけじゃない』と言うつもりだったってこと？」

「うん」

真顔で頷（うなず）くレンをまじまじと見つめる。

「無理がありすぎない？　それで上手くいくと本気で思ってたの？」

「思ってたよ。だって聖獣にとって大事なのは、聖女を独り占めすることだからね。実際、この方法で上手くいった前例もあるんだ。だから別に言う必要はないかって思って――」

「……ええええ」

その場にへなへなとしゃがみ込む。

なんだか力が抜けてしまった。

どうしたってアーロンを手放さなければならないと思っていたのに、まさかそんな屁理屈（へりくつ）が通るなどと誰が思うだろう。

でも――。

「逃げ出したのは、別にアーロンのことだけが理由じゃないわ。私、もう疲れたの。期待されて、それにいつまでも応えられない自分に。だから全部投げ捨てたくなった。それだけよ」

アーロンの件が切っ掛けとなったのは事実だが、根本にあったのは『皆に応えられない自分』に耐えきれなくなったからという理由だ。

何度願っても神様は応えてくれなくて、その度に前の世界でも同じだったことを思い出し、嫌な気持ちになった。

しかもこちらの世界の人たちは、総じて優しいのだ。

前の世界では期待に応えられなくても、ある程度は「仕方ないよね」で済ませてきたし、そこまで気にしなかった。皆、結構意地悪だったし、むしろ「知るか」と思えた。

でも、私は普通の感性を持つ人間だ。

優しくされれば、やっぱり返したいと思うし、それができなければ苦しいと感じてしまう。

まあいいかなんて思えない。

応えたいのに応えられない生活に疲れ果ててしまった。

それが全てだ。

「お願い。見逃して。私、王城に帰りたくない。聖女なんてやりたくない」

ずっと思っていたことを告げる。

レンはじっと私を見つめていたが、やがて腹を括ったように頷いた。

「いいよ、君の気持ちはよく分かった。それなら一緒に逃げようか」

「え……」

「私も君と共に行くよ」

当たり前のように言われ、目を見開く。

まさかそう返されるとは思わなかったのだ。

「え、あの……」

「別に私は君が聖女であろうがなかろうが、どちらでもいいんだ。ただ、君という人が好きなだけだからね。だから君が逃げたいというのなら一緒に行く。別に構わない」

「は……何を言って……」

至極当然の結論だとでも言わんばかりにレンが笑う。

冗談で言っているようには見えない。彼は本気だ。

「レン……？」

「前にも言っただろう？　私は君さえいてくれればそれでいいんだって。君のためなら世界でも捨ててみせる。私の想いを舐めないでほしいな。愛してるんだ」

「……」

ポカンとレンを見上げた。

彼は緩く笑っており、全く気負っている様子は見えない。

当たり前のことを告げただけという態度だ。

そのあまりにも強い想いに面食らう。

――私がいればそれでいい？　世界と天秤（てんびん）にかけても私を取る？

そんなことあり得るのか。

「あ……」

馬鹿なと一笑（いっしょう）に付（ふ）したいのに、レンがあまりにも綺麗（きれい）に笑うから否定できない。

そして自分の中に彼の言葉に喜ぶ気持ちがあることに気づき、泣きたくなった。

レンはどんな時だって、私を最優先にしてくれる。

それがどうしようもなく嬉（うれ）しかったのだ。

つい、一緒に行きたいと縋（すが）ってしまいそうになった。

でも、本当にそれでいいのか。

レンの言葉に甘えてこの国を見捨てて、私は後悔しないのか。

そのあと、何があっても自分だけ無事ならそれでいいと心から思えるのか。

――無理だ。

できるはずがない。

前の世界なら思えた。私が去ったあと、あの世界がどうなったのかなんて考えもしなかった。

だってあの世界は私を否定するばかりだったから。

そんな世界のことを肯定的に思えるはずがない。

でも、こちらの世界は違う。

皆、優しかった。大丈夫だと笑ってくれた。

レンの弟だって、酷いことを言われたけど、反省し、謝ろうとしてくれている。

ここの世界の人たちは皆、優しい。

その優しい皆を見捨てて、私はレンと逃げるのか。

期待に応えられないからという自分勝手極まりない理由で。

「……いっそ、皆意地悪だったらよかったのに。そうしたら捨てられた。でも優しいから、助けられるのなら助けたいって思ってしまう」

本音が口からこぼれ落ちる。

ああ、本当に、私を大切に扱ってくれない人たちなら、どうなっても知らないと言えたのに。

レンが慰めるように私の頭を撫でる。

「皆がフローラに優しいのは、当たり前だよ。皆、昔君からもらったものを覚えていて、返したいって思っているだけだから。情けは人のためならずってね。昔の人はいいことを言うよね」

「……私、何かした？」

全く記憶にない話だ。

レンは私の手を掴(つか)むと、立ち上がらせた。

「君は覚えていないかな。異世界に攫(さら)われた日のこと。あの日、狙われたのはフローラ、君ではない。私だったんだ」

「え」

「思い出してみてよ」

レンに優しく促される。

彼はゆっくりと語った。

「あの日、私たちは王都の外れにある丘で花を摘んでいたんだ。君は私のために花冠(はなかんむり)を作ってくれた。将来王様になる私にってね、すごく嬉しかったよ」

「あ……」

花冠と言われ、記憶が刺激された。ゆるゆると当時の記憶が蘇(よみがえ)ってくる。

「それは突然だった。空が割れ、光の柱が落ちてきたんだ。柱は私を狙っていた。驚き、身動きできない私を目指していたんだよ」

それまで晴天だった空が突如(とつじょ)として雲に覆われたのだ。

何事かと見上げると空が割れ、白く輝く光の柱がレンを狙っていた。

「私……」

「君が私を呼ぶ声と共に、光から押し出された。ハッとして柱の方を見ると、君が笑っているのが見えた。それで分かった。フローラが助けてくれたんだって」

無我夢中だった。

どうにかして助けなければと思い、渾身の力でレンを押したのだ。結果、光の柱は私に直撃した。

「君はよかったと言って笑った。『レンが無事でよかった』って。そして光と共に消えたんだ。異世界召喚については確立こそされていなかったけど、どういうものかは分かっていた。すぐに悟ったよ。私の代わりに君が異世界に攫われたんだって」

「うん……」

レンを助けることができてよかったとホッとしたことは覚えている。

自分が代わりになってしまったけど、大事な人を助けられたのだ。

満足だった。

「私はすぐに王城に駆け戻った。そうして起こったことをありのまま正直に話したんだ。私を庇ってフローラが、聖女が異世界に連れ去られたって。でも、君も知ってのとおり、当時の技術では異世界召喚なんて不可能だった。君を連れ戻す方法がなかったんだ。だから救出は断念された」

　そう話すレンは悔しそうだった。

「でも、皆、申し訳ないと思ってた。聖女が身を挺して王子を庇ってくれたのに、助けに行けないことを心苦しく思っていた。皆が君に優しいのは当たり前だよ。君に少しでも返したいと思っているんだ。世継ぎの王子を助けてくれた聖女に恩返ししたい。何か助けられることがあるのなら助けたいってね」

「そんな……私、そんなつもりじゃ」

「君にそのつもりがなかったことは皆分かってるよ。でもさ、普通に恩に感じるよね。あ、そうだ。ついでに話しておくと、私が君の両親に最初の頃、ひたすら婚姻を拒否されてたのは、私が君を連れ戻せるか疑っていたんじゃなくて、私のせいで異世界に連れ去られたのに、のうのうと娘をくれと言う私にムカついていたからだよ。その気持ちは分かるし、娘を失ったんだ。殺されても仕方ないって覚悟を決めて毎日通ったんだけどね。結局は私の熱意に負けて折れてくれた。その代わり『必ず連れ戻すように』って念を押されたけど。そんなの言われるまでもないよね。誰よりも一番私が願ってる」

「レン……」

　矢継ぎ早に当時起こったことを話され、そんなことがあったのかと思う。

　でも、同時に思い出したことがあった。

異世界召喚された直後の話だ。

レンの代わりに異世界に連れて行かれた私。

辿り着いたのはたぶん、王城だったのだと思う。そこにいた人々は私を見たあと、絶望したように言ったのだ。

「勇者を召喚したのではなかったのか――」と。

結局私は聖女候補として教主様に連れて行かれたのだけれど、彼だってよく言っていた。

「お前が欲しかったわけではない」と。

嫌な言葉だとずっと思ってきたけれど、今なら分かる。あれはレンを連れてくるはずだったのにという意味だったのだろう。

彼らは異世界召喚を行い、魔王を倒せる勇者を連れてこようとした。

それなのに、やってきたのは聖女候補にしかなり得ない女。

しかも落ちこぼれだ。

なるほど、教主様が私にキツく当たるはずである。

勇者を召喚したつもりが、落ちこぼれ聖女候補では話が違うと言いたくもなるというもの。

でも、レンが勇者として招かれていたかもしれないというのは驚き……いや、そうでもないか。

先ほどの活躍を思い出し、納得した。

驚くほど強かったレン。あっという間に魔物を五体倒し、息も切らせていなかった。

そんな彼なら、向こうの世界で勇者として魔王を倒すことも可能だったのではないだろうか。

「君は私の命の恩人だ。でもそれとは関係なく君のことを愛してる。だから君が出て行くというのなら一緒に行くよ。君がいない人生なんて意味がないって本気で思っているから」

「レン……」

レンが私の手を握る。

彼の強い想いにどう応えればいいのか戸惑っていると、足下にいたアーロンが突然ビクリと身体を痙攣させた。

「アーロンッ⁉」

尋常ではない様子で、アーロンが背中を震わせている。

力が入らないようだ。ぐったりと地面に伏していた。

「どうしたの⁉」

しゃがみ込み、アーロンの容態を窺う。

彼は口を開き、荒い呼吸を繰り返していた。

時々、痙攣が起こる。

よく見れば、先ほど拭った場所を中心に赤い斑点がいくつも現れていた。

「な、何?　なんなのこの斑点……」

「たぶん、さっきの魔物のせいだと思う」

一緒に様子を見ていたレンが冷静な口調で言った。

「あの魔物は遅効性の毒を持つことで知られてるんだ。毒は爪を介して放たれる。心当たりは？」

「……あるわ」

アーロンが魔物に攻撃された現場を目撃していたので肯定する。

レンは眉を寄せ、難しい顔をした。

「それなら今すぐ治療をしなければ。この魔物の毒はかなり致死率が高いことで有名なんだ。放っておけば、間違いなくアーロンは死ぬと思う」

「そんな……で、でも治療をすれば大丈夫なのよね？　お願い、アーロンを助けて！」

レンに縋り、助けを求める。

だがレンは首を横に振った。

「王城にいれば治療もできたけど、この場所ではどうしようもない。急いで戻れば……いや、無理だな。間に合わない」

「え……」

間に合わないという言葉を聞き、青ざめた。

「できるだけ早く、薬を投与する必要があるんだ。具体的には症状が出てから三十分以内に治療を開始しないと助からない。そしていくら馬を飛ばしたところで三十分では王城に戻れない」

「……嘘」

へなへなと身体から力が抜ける。

どうあっても間に合わないと言われたのがショックだったのだ。

アーロンを見れば、苦しげに呼吸をしていて、私は慌てて背中を擦った。

腹部にあった斑点が全身に広がり始めている。

アーロンは私を庇い、怪我を負ったのだ。それなのに私は彼を助けることができない。それがこんなにも苦しかった。

「いや、いや……」

「フローラ、落ち着いて」

レンが声をかけてくるも、私は首を横に振った。家族が命を失うかもしれない危機に瀕していて、落ち着けるはずがない。

そんな私たちを嘲笑うかのように、また目の前の空間がぐにゃりと歪んだ。

「え……」

歪んだ空間からのそりと出てきたのは、先ほどレンが倒してくれたのと同じ魔物だった。

レンが私を庇うように前に出る。

「最悪だ。このタイミングでまた出てくるのか。いくらなんでも早すぎる」

しかも歪みから出てきた魔物の数は先ほどよりも多い。レンが剣を引き抜き、私に言った。

「私が片づける。フローラは下がって」

「……うん」

アーロンを抱き上げ、レンの邪魔にならないように移動する。

レンは相変わらず強く、負けるようには思えない。

だが、魔物の数が減らない。レンが倒してもそれ以上の数が歪みの中から出てくるのだ。いつまで経っても終わらない。

歪みは消えず、次から次へと魔物を生み出していた。

「レン……！　魔物がまた……」

指摘すると、レンは舌打ちをした。

魔物を倒しながら、こちらに顔を向ける。

「キリがないな。一旦、退いた方がいいかもしれない。馬を使おう」

「馬？　私、乗れないけど」

「ふたり乗りすればいい。私に任せて」

「分かった。でも……アーロンは？」

アーロンはぐったりとして意識がなく、自分では動けない。しかも馬にふたり乗りだ。

その場合、アーロンをどうやって運ぶのか。純粋な疑問だったのだが、レンは私から顔を逸らした。

「レン？」

「ごめん。さすがに連れて行けない」

「えっ……」

「ふたり乗りをしながら、更に怪我をし、毒に侵(おか)された猫を連れては逃げられない。置いて行くことになる」

「いやよ！」

レンの言葉に被(かぶ)せるように叫んだ。

アーロンを置いていく？　そんな真似(まね)、できるはずがない。

「アーロンは家族なの！　放置なんてできないわ！」

「できなくてもするしかない！　言っただろう。治療だって間に合わない。遅かれ早かれ、彼は死ぬ。それなら今放置して、自分たちだけでも逃げる道を選ぶしかないんだ」

「いや！」

レンの言うことが正しいのは分かっていたが受け入れられない。

「無理よ！　絶対に無理！」

頑(かたく)なに抵抗する。

ここでアーロンを置いて行ったら、一生引き摺(ず)るし、後悔する。

向こうの世界にいた時、唯一私を慰めてくれた存在。

こちらの世界までついてきてくれ、今までずっと一緒にいてくれた。

私がピンチになればいつだって助けてくれた。

それなのに、私はアーロンを見捨てる？

そんなことできるはずがない。

「いや！　私は行かない！　アーロンと一緒じゃないと行かないわ！」

我が儘だと分かっている。でも、無理なのだ。

涙が溢（あふ）れてくる。

魔物を斬りつけながら、レンが言った。

「……分かった。それなら君がアーロンを治療するんだ。逃げられないというのならそれしか方法がない」

「え……」

言われた言葉が理解できず、呆然とレンを見つめる。

レンは魔物二体を同時に相手取りながら言った。

「君は聖女だ。その力をもって、アーロンを癒やすことができる。君がアーロンを癒やせれば、三人で逃げることも可能だろう。……できるか？」

「……私」

聖女としての力を使えと言われ、戸惑いを隠せない。だって私は聖女としての最初の段階である聖獣召喚すらできていない落ちこぼれだ。

それはレンだって知っているはず。

つまり彼は、アーロンを置いて行きたくないのならやってみせろと、それしか方法はないのだと言っているのだ。

「……」

できないと言おうとした言葉を寸前で呑み込み、唇を嚙む。

無理だと諦めるのは簡単だ。

でも、アーロンを置き去りにできないと言ったのは私。

その気持ちは今も強くあり、彼を助けるためならなんだってしてみせると思っている。

聖女としての力を発揮しろ？

そうしなければアーロンが死ぬというのならやるしかない。

できるかではない、やるしかないのだ。

「……やるわ」

声は震えたが、それでもはっきりと告げた。レンが頷く。

「聖女である君なら必ずできるはずだよ。強い気持ちを持って」

「分かったわ」

手を組み、祈りを捧げる。

これまでの人生の中で一番真剣に祈りを捧げた。

どうか、アーロンを助けてください。

『神様、お願いします』と必死に祈った。

だけど、なんの変化も起こらない。

絶望が身を浸す。

私が落ちこぼれのせいで、アーロンが死ぬ。それが受け入れられず、思わず叫んだ。

「ダメ！　癒やせない！　神様に祈っても、何も起こらないの！　私、どうすればいい？　これ以上どうすれば、アーロンを助けることができるの⁉」

分からないと地面を思いきり叩く。

こんなにも助けたいと思っているのに、人は私を聖女だと言うのに、小さな奇跡ひとつ起こせない自分が嫌だった。

そんな私にレンが叫び返す。

「神様⁉　違う！　君が祈るべきは神ではない。君が願う先は己自身。神に縋ってどうするんだ！」

「へ……」

「神に祈っても助けてはくれない。神はすでに君という助けを与えているから、それ以上何もしてくれはしない。その祈りは己に向けろ。奇跡を体現する己自身に祈るんだ！　他の誰でもない。

だって、奇跡を起こすのは神様じゃない。君なんだから！」

目を丸くした。

言うべきことを言ったと、レンが魔物に視線を戻す。

再度、終わりのない戦いに身を投じるレンを私は呆然と見つめた。

彼の言った言葉を何度も己の中で反芻する。

祈るべき相手は神ではなく自分自身。

そんなの考えたこともなかった。

——だって、神に祈って奇跡を起こすのが聖女だって……。

いつもそう教主様は言っていたから。

十年間、毎日私は祈り続けた。

己の世界の神ではない異世界の神に『どうか聖女としての力を与えてください』と願い続けたのだ。

結局、願いは叶えられず、私はこの世界に帰ってきて、今度は自分の世界の神に祈りを捧げた。

そういうものだと思い込んでいたから。

祈れと言われれば、願えと言われれば、相手は神をおいて他にいない。

だから私は神様に祈りを捧げ続けたのだけれど、そもそもそれが間違いだったというのか。

「神の奇跡はすでに与えられている。それを自らの中から引き出すのが君の役目」

「自らの中から引き出す……」

「己を顧みるんだ。そうすれば奇跡は必ず起こる。君は落ちこぼれなんかじゃない。ただ、方法を知らなかっただけだ！」

「っ……！」

落ちこぼれではないと言われ、こんな時だというのに涙が出そうになった。

「私たちも悪かった。まさか君がそんな勘違いをしているなんて思いもしなくて。でも、もう分かっただろう？　思い違いをしていただけだって。フローラ、正しく祈れ。そうすれば、奇跡は起こる！」

「うんっ……！」

レンの言葉に強く頷いた。

彼の言葉を全面的に信じたわけじゃない。まだ少し疑う気持ちもある。

だってずっと、誰も、何も応えてくれなかったから。

それが方向性を変えただけで解決するとか、信じきれるはずないだろう。

でも、レンが嘘を吐いているとも思えないし、今は藁にも縋りたい気分。

アーロンを助けるためには、どんなことでも試さなければならないのだ。

だから。

――信じるべきは、祈るべき相手は私自身。

再度手を組み、祈りを捧げる。

神が相手ではないのなら『助けてください』は間違っている。

自分の力を引き出すのなら、絶対に助けるという強い意志が必要だと思った。

「私は助けられる。絶対に……アーロンを失ったりなんかしない！」

強く己の内側に呼びかける。

必ずアーロンを助ける。

その力を寄越せと、自身に強く訴えた。

「あ……」

ほどなくして変化は現れた。

背中が酷く熱い。

何事かと確認すると、背中から大きな六枚羽が浮き上がっていた。色は白銀で、半透明で触れることはできない。その羽の形は私の背にある痣と同じで、とても神秘的だった。

「何これ……」

どうしてこんな羽がと考えるより先に、自分の身の内から、湯水のように力が溢れていることに気がついた。

「これ……」

なんの方向性もない純粋な力。でもその力をどうすればいいのか、誰に教えられずとも分かった。

無意識にアーロンに向かって手を翳す。

苦しむ彼に、金色の小さな光の粒が降り注いだ。光の粒を浴びたアーロンがキラキラと輝き始める。

光の粒が輝く球体を作り、アーロンを包み込む。

不可思議な光景だが、これは彼を癒やすためのもの。

気づけば聖女としての力がどういうものなのか、どのように使い、どういう結果をもたらすのか、その全てを理解していた。

「……もう、大丈夫」

ホッとし、息を吐き出す。

少しすればアーロンは回復し、元通りに動けるようになるだろう。

私は間に合った。アーロンを助けることができたのだ。

球体が一際強く輝き、割れる。

割れたということは、完全に回復したということ。

それを知っていた私は心から安堵したのだけれど、球体の中から出てきた生き物を見て、ギョッとした。

「は……？」

球体が光の粒へと還っていく中、現れたのは白く大きな獣だった。

レンが戦っている魔物よりも大きい。その姿はライオンに似ており、ふさふさとした鬣があった。

白い身体にバチバチとした稲光を纏っている。

額に二本の角があり、青白く光っていた。おそらく帯電しているのだろう。

全身に雷を纏ったように見える巨大な獣。

獣の目の色は金色で、アーロンと同じだと思った。

「え、え、何……？」

獣が首を軽く振る。それだけで周囲に雷が落ちた。

「ひえっ……」

目を見張り、獣を見つめる。

巨大な獣に不思議と恐怖は感じなかったが、アーロンの姿が見えないことが気になった。

「アーロン、アーロンはどこ？」

私が癒やしたのは飼い猫のアーロンであって、こんな巨大なライオンもどきとは違う。

愕然とその場に立ち尽くしていると、背後からレンの呆然とした声が聞こえてきた。

「……嘘だろう。雷獣？」

「へ……」

振り向く。

魔物と戦っていたレンが、目を大きく見張り、白い獣を見ていた。

自分が見ているものが信じられないといわんばかりに首を横に振っている。

「……どうして、雷獣が？　ここは召喚の場でもないのに――」

「雷獣って……」

どこかで聞いた言葉だと思いながら尋ねる。レンは獣を凝視しながら答えてくれた。

「以前、君に話しただろう？　いまだ、誰も召喚したことのない特別な聖獣だよ。君も見たはずだ。神の足下に侍る雷獣の姿を」

「あ……」

説明を受け、思い出した。

聖獣召喚を行う場に置かれていた神様の彫像。その像には雷獣と呼ばれる聖獣も彫られていた。

ライオンに似た形をした大きな獣。

雷を纏うという、レン曰く、特別な聖獣。

その姿と今、目の前にいる獣の姿がぴったりと重なった。

「え？」

呼び出されるはずのない聖獣。

それがどうして私の目の前にいるのか。

しかもレンの言うとおり、ここは召喚をする場所ではない。

私は聖獣が欲しいなんて願ってもいないし……ということは、近くに他の聖女がいて、手助けをしてくれたのかな、と考えた。

雷獣が私の側へとやってくる。

驚きのあまり、硬直していると、雷獣はすりすりと私に顔を擦り寄せてきた。

傷つけないよう配慮してくれたのだろうか。

身体に纏っていた雷は消えていたが、そんなことよりも、彼のする仕草がよくアーロンがしていたものだと気づき、目を開いた。

「嘘……」

上機嫌に顔を擦り寄せる巨大な獣に見覚えは断じてない。

でも嬉しげな表情が、その行動がどうしようもなくアーロンと重なる。

大体、私はアーロンを癒やしたはずなのだ。それなのにアーロンはいなくて、代わりにこの獣が現れた。

見覚えはなくとも仕草はアーロンと同じで、瞳の色を見れば彼と同じ金色。

信じたくはないが、結論はひとつしかないような気がした。

「……アーロン？」

おそるおそる呼びかける。

私に擦り寄っていた雷獣は顔を上げ、こちらを見た。

『我が主』

「……喋った⁉」

まさか人の言葉を話すとは思わなかった。

驚きのあまり、ひゅっと息を吸い込む。

レンが「聖獣なんだから喋るでしょ、そりゃ」と呆れたように言ったが、そんな話は聞いていない。

だってこちらは完全に獣でしかないと思っていたのだ。

意思疎通ができ、言葉が通じるとは予想外にすぎる。

「え、え、え、え……」

『ようやく元の姿に戻ることができた。一時は、猫の姿のまま過ごすことになるのかとも思ったが、やっと目覚めてくれたのだな』

「えっ……」

猫と告げられ、雷獣を凝視する。

雷獣はじっと私を見つめていた。

『うん？　分かっていないのか？　先ほど我の名を呼んでくれただろう』

「……アーロン？」

『うむ』

「いやあああー!!　嘘でしょ！」

満足そうに頷かれ、思わず奇声を上げてしまった。

確かにアーロンかなとは思ったが、まさかという気持ちの方が大きかったのだ。

それなのに返事は『はい』。

嘘だと叫びたくなっても仕方ないと思う。

「アーロン⁉　まさかの⁉　え、私とずっと一緒にいてくれたアーロンなの？」

『そうだと言っている。ああ、詳しい話はあとだ。とりあえず今は、魔物をなんとかするのが先だな。王子、我も助太刀（すけだち）しよう』

アーロン（？）がレンを見る。

レンは大勢の魔物相手に孤軍奮闘（こぐんふんとう）していて、技量こそ勝（まさ）っているものの、数の多さに辟易（へきえき）しているようだった。

剣を振るいながら、レンが叫ぶ。

「頼む！　ひとりだともうキリがなくて！」

『――心得た。主はそこで待機だ。分かったな』

「う、うん」

威圧感のある目で凄（すご）まれ、頷く。

アーロン（?）は私から離れると、再度雷を身体に纏った。

後ろ足で大地を蹴り、飛び上がる。

そして空の上で停止した。

まるで地面でもあるかのように、空中に佇んでいる。

口を大きく開き、咆哮を上げた。

『ガアッ――!!』

身体が光る。

まるで呼応するかのように、空が暗くなっていった。

明るかった空は今や真っ暗で、ゴロゴロという雷の音が聞こえ始める。空には稲妻が走り、今にも落雷が起こりそうな雰囲気だ。

再度雷獣が吠える。

まるで命令に従うかのように雷が落ちてきた。雷は一度だけではなく、何度も落ち、確実に魔物を穿っていく。

「すごい……何これ」

雷の音は止まず、稲妻も収まらない。

空は紫色に光っていて、酷く恐ろしい光景のはずなのに、何故か美しいと思ってしまう。

自然現象なのに、雷は不思議とレンや私には当たらなかった。

やはり雷獣が操っているのだろうか。

そんなことできるわけないと頭では理解しながらも、この生き物ならやれるのかもしれないと思ってしまう。

「ははっ……聞いていた以上だね。凄まじい」

レンが笑いながら、雷から逃(のが)れられなかった魔物たちを片づけていく。

魔物はいまだ増え続けていたが、最早(もはや)負ける気配は微塵(みじん)もなくなっていた。

固唾(かたず)を呑み、ふたりの戦いを見守る。

魔物に雷を落としていた雷獣が、今度は直接向かっていった。それこそ稲妻のような速度で走り、鋭い爪で魔物を切り裂いていく。

魔物は碌に抵抗できず、地面に倒れ伏す。

圧倒的に強い。

見ればその背中は放電状態になっており、雷獣が背中を震わすと、それだけで周囲に青白い稲妻が走った。

雷獣は雷を落としたり、牙や爪を使ったりして次々と魔物を片づけていく。

中にはレンと雷獣には勝てないと悟ったのか、私の方へ向かってくる魔物もいたが、雷獣が私の前にたちはだかり、屠(ほふ)った。

その姿に、私の知っているアーロンが重なる。

「……アーロン」

小さく呟く。

徐々に目の前にいる雷獣がアーロンだと思えるようになってきた。

だって、何も変わらない。

猫であった頃から、アーロンは私を守ってくれていた。

落ちこぼれ聖女候補で友達すらいない私の側にいて慰め、教主様の暴力からも守ってくれた。

こちらの世界に戻った直後だって、不安になる私を見知らぬ人々から庇ってくれた。

ずっとずっとアーロンは私を守ってくれていたのだ。

どうしてアーロンが雷獣と呼ばれる聖獣として、今、ここにいるのかは分からない。

あの可愛い猫の姿はどこにいってしまったのかと、疑問もある。

でも、彼がアーロンであるのならもうなんでもいいような気がした。

「うん……」

疑問は多く残るけど、とりあえず彼がアーロンであることだけは納得した。

戦いに再度目を向ける。

いつの間にか、すでに魔物の殆どが屠られていた。

地面にはおびただしい数の魔物の死体。魔物が出てきた歪みは残っていたが、新しい魔物はもう出てこないようだ。

打ち止めということだろうか。

「これで、終わり！」

レンが最後の一匹を剣で払う。

彼の動きに合わせるように、アーロンが飛びかかり、魔物の喉元を食い千切った。

どうん……という音と共に魔物が倒れる。

ふたりの他に動くものはいない。

新たに魔物が出てくる気配もない。気づけば空にあった雷雲は消え、青い空と白い雲が浮かんでいた。

「お、終わったの？」

平和な光景にホッとしていると、剣を納めたレンと雷獣がこちらにやってきた。

ずっと戦っていたレンが汗を拭う。

「まさかこんなに出てくるとは思わなかったよ。ひとりだとキツかったから助かった。……さすがにもう出てこないよね」

これ以上はうんざりだという顔をするレンに、アーロンが鼻をヒクつかせ、答えた。

『その歪みからはもう魔物の気配を感じない。しばらくは放置しても問題ないはずだ』

「そう。じゃ、あとで連絡だけはしておくか。新しい歪みができたって」

仕方ないという顔で告げるレン。

そんなふたりに声をかけた。

「ありがとう。その、私のせいでごめんなさい」

彼らが戦うことになったのは、私がこんなところまで逃げたせい。

それを理解していたが故の言葉だった。

レンが首を横に振る。

「フローラのせいじゃないよ。どうせ遅かれ早かれ歪みは生まれていただろうし、むしろ発生したタイミングで叩けてラッキーだったと思う」

『この男の言うとおりだ。主のせいではない』

「……うん」

彼らが本気で言ってくれているのが分かり、より一層申し訳ない気持ちになる。

だが、魔物がいなくなったことで、ようやく一息吐くことができたのは有り難かった。

「それで……あなたがアーロンだって話だけど」

落ち着いたところで話を切り出す。

レンも「まさかあの猫が聖獣とは思わなかった」と複雑そうな顔をしていた。

「一体いつから、フローラの側にいたんだい？　彼女の話では、異世界にいた時から側にいたということだけど」

「ええ。向こうの世界で……気づいた時には側にいたの。ある日野良猫が現れたって感覚でいたんだけど」

　ふたりでアーロンを見る。

　すっかり変わってしまったアーロンだが、彼はお座りポーズをして、後ろ足で耳のあたりをカリカリしていた。

　私たちが見ていることに気づき、口を開く。

『──我が召喚されたのは、主が異世界にきてすぐのことだ。突然、家族や友人と引き離されたショックとよい扱いをされなかったストレスから、主は無意識に助けを求め、我がそれに応え、顕現(けんげん)した。とはいえ、主はきちんと力が使える状態ではなかったから、本来の姿を取ることはできなかったが』

「知らないうちに聖獣を召喚していたってことか。でも、フローラは聖女としての力の使い方を知らない。だから雷獣としての形を取れず、言語も操れなかった……ということだね」

『そのとおりだ』

　レンの確認にアーロンが肯定する。レンは苦い顔をしながら言った。

「なるほどね。フローラがいくら召喚しようとしてもできないはずだよ。だってすでに聖獣はその姿を現していたんだもの。応えようがないって話なんだ」

「……もういるのに、更に召喚しようとしたってこと？」

「そう。ひとりの聖女につき聖獣は一体と決まっている。だからフローラが何度呼びかけても、誰も応えなかったんだ」

　私が聖獣召喚に失敗し続けた理由を分析され、なんとも複雑な気持ちになった。

　あんなに一生懸命頑張ったのに、実はもう召喚していましたなんてオチになるとは思わなかったのだ。

『今回のことで、主は聖女としての力の使い方を理解した。正しく力を使えるようになったのだ。故に我も本来の姿を取ることができた』

「ふうん。そういえば猫の姿でも君は主を守るべく動いていたよね。こちらの世界に呼び戻した時も、君は真っ先に主人を守ろうと私に攻撃してきた」

『たとえ猫の姿であっても、主を守るのは聖獣の使命であり義務。動かない理由はない』

　きっぱりと告げるアーロン。

　やはり彼はずっと私を守ってくれていたのだ。

　異世界にいる時から今もずっと。

　言葉を話せないながらも側に寄り添ってくれた。

　野良猫だと思い込んでいたアーロンが実は聖獣だったというのは驚きしかないけれど、考えてみれば彼はすごく賢い子だった。

　私の言うことを理解している様子だったし、こんな子もいるんだな、なんて思っていたが、その正体が聖獣だというのなら納得だ。

「アーロン、ありがとう」

今までのことを思い、礼を告げる。

彼がいてくれたからこそ、私はあの世界でも頑張れたのだ。

『当然のことをしただけだ』

そっけない口調だが、たぶん、照れくさいだけなのだろう。

尻尾が嬉しげにゆらゆらと揺れていて、そんなところでも彼がアーロンであると実感する。

レンがしみじみと言った。

「でも、まさか雷獣を召喚しているとは思わなかったな。有史以来、誰も召喚に成功したことのない聖獣。私も今日にしている光景が信じられないよ」

『我が主は、六枚羽の聖痕(せいこん)を持つ奇跡の聖女。むしろ我以外の聖獣が召喚される方がおかしい』

「聖痕って……そうだ、背中！」

ハッとする。

今の今まですっかり忘れていたが、背中に羽が生えた状態になっていたのだ。

慌てて後ろを確認する。

先ほど見たはずの半透明の六枚羽はすでになくなっていた。

「え、あれ？　なんで？」

確かにあったはずなのに、私の見間違いだったのか。

疑問に思っていると、レンが説明してくれた。

「聖女は力を使う時に、聖痕が具現化するんだよ。また使えば現れる」

「な、なるほど……」

そういえば異世界の聖女たちも、神に祈りが届くと髪色が変わっていた。

それと似たようなものなのだろうか。

「戦いながらだけど、私にも見えたよ。綺麗な六枚羽だった。……でもそうか。六枚羽の聖痕を持つ聖女なんて、確かに聞いたことがなかったな。……もしかして、聖女の聖痕の羽の枚数で喚べる聖獣が変わったりする？」

『もちろんだ』

「それは普通に知らなかった」

レンが唸る。どうやら彼にも知らないことはあったらしい。

「それで、これから君はどうするつもり？」

「え？」

ひととおり話が終わったところでレンが話しかけてきた。

一瞬、意味が分からず首を傾げる。

「どうするってどういう意味？」

「逃げ出したいんだろう？　聖女の力が使えるようになったとはいえ、君がもしうちの国に不信感があって、やっぱり出て行きたいって言うのなら協力するよ。でも、ひとりでは行かせない。さっきも言ったとおり、君と一緒に私も行く」

「……レン」

呆然とレンを見る。

レンは自然な笑みを浮かべ、私を見ていた。

これから先の未来を私が決めてもいいのだと、そんな顔をしている。

「私……」

「私に気を遣わなくていいよ。君さえいれば私は全然構わないし。まあ、そういう人生も面白そうだよねって感じだよ」

「……軽いわね」

「そう？　私なりに真面目に考えているつもりなんだけど。もし冗談だと思っているのなら心外だよ」

「……それは分かってる」

聖女としての力を使える前だって、彼は一緒にきてくれると言っていた。

それを思い出せば、嘘だなんて言えない。

「私……」

先ほどまでの私は、逃げるしかないと思っていた。

期待に応えられないのと、アーロンと離れるのが嫌だったからだ。

だけどその問題は解決した。

私は聖女としての力を使えるようになったし、アーロン自身が聖獣だったという真相により、彼と離れずに済んだ。

私が逃げたかった理由は、実のところ全て片づいているのだ。

「……」

唇を噛む。

それでいいのかという思いが自分の中にあった。

私は私なりに真剣に考えて、城を出た。それなのに『聖女の力が使えるようになりました。アーロンと別れなくてもいいみたい。だから戻ります』は、あまりにも都合がよすぎないだろうか。

自分の都合だけで出て行ったり戻ったり。

なかなかに最低な女だ。

そしてそう思うからこそ、簡単に「戻る」とは答えられなかった。

「わ、私……」

なんと言えばいいだろう。

どう答えるのが正解なのだろう。

初志貫徹(しょしかんてつ)で、逃げると言えばいいのか。それとも出戻りを選ぶべきか。

どれも間違っているように思えて決められない。

泣きそうな気持ちで下を向く。

その時、突然アーロンが『――魔物の気配を感じる』と言った。

「え」

パッと顔を上げる。アーロンは王都の方角を睨んでいた。

『先ほどより数が多い。大きいのもいれば小さいのもいる。……向かっているのは、王都か』

王都という言葉にレンが反応する。鋭く聞いた。

「分かるのか？」

『気配くらい読めなくてどうする。ああ、国側も気づいたな。討伐隊として騎士団が王都を出た』

「……」

アーロンが語るのをただ見つめる。

王都が魔物に狙われている。それも先ほどよりも多くの数の魔物に。

アーロンがまるで見ているかのように詳しい状況を教えてくれる。

『……戦闘が始まった。国側が劣勢だ。どうやら指揮官が不在のようだが』

「え、一応騎士団長がいるはずだけど」

レンが反論する。だがアーロンは否定した。

『複数の騎士団が出ているだろう。取りまとめられる者がいないのだ。そのせいで押されている』

「あー……。うん、それ、私だね」

気まずそうにレンが頬を掻く。

私の視線に気づき、口を開いた。

「いや、まあ、魔物が出た時は、前線で複数の騎士団を指揮してるんだよ。これでも王子だからね。そういうことも求められる」

「え、じゃあ、急いで戻らないと」

レンがいなければ、勝てるものも勝てなくなる。そういうことだろうと思って、告げると、彼は心底不思議そうな顔をした。

「え、なんで？」

「なんでって……」

「だって、君は戻らないんだろう？　それなら私が行く必要はなくない？」

「っ！」

当然のように言われ、絶句する。

あり得ないと思った。

だってレンの言っていることは『見捨てる』ということだ。

今、戦っている人たち、そして王都にいる人たちに背を向けるということ。

彼らを見捨てて、自分たちだけが逃げる。

でも、その道こそを今、私たちは取ろうとしているのだと言外に告げられ、心臓がきゅっと締めつけられたような心地になった。

「レン、でも……」

「何か間違ったこと言ってる？　いいかい、フローラ。私たちは国を離れようとしているんだよ？　それなのに助けに行くの？　それって矛盾してない？　当たり前だけど、一度関われば、それこそ逃げるなんてできなくなるよ。聖女としての力に目覚めた君を国は手放さないし、矢面に立つことを期待される。これからずっとね。それでもいいの？」

真っ直ぐに告げるレンの目はどこまでも真剣だった。

そこで気づく。

彼は私に現実を見せようとしているのだと。

別に本当に彼らを見捨てようとしているのではない。

ただ、私たちがしようとしているのがどういうことなのかを教えてくれているのだ。

「……」

少し、考える。

呆気ないくらい簡単に答えが出た。

先ほどまで悩んでいた『自分に都合がよすぎるのではないか。そんなこと許されるのか』という気持ちはなくなり、ただ『皆を助けたい』という想いだけが残った。

優しくしてくれた皆を思い出す。

たとえ、幼い頃の私がしたことへのお返しに皆が優しかったのだとしても、親切にしてくれたという事実は消えない。

落ちこぼれ聖女の私に呆れることなく「大丈夫だ」と言ってくれた人々。

「気にすることはない」「そのうちできるようになる」と急かさないでくれた。

それが本心かはもうどうでもいい。

だって私は彼らの言葉に、確実に救われていたのだから。

王都にいる家族のことも思い出す。

私が帰ってきたことを純粋に喜んでくれた家族。

十年も行方不明状態だったというのに、彼らは私を再び家族として迎え入れてくれた。

皆が皆、優しかった。

私のことを尊重してくれた。

その彼らが今、脅威にさらされている。

それを見捨てて逃げるなんて、自分が許せなかった。

「……私、戻るわ」

辿り着いた結論を口にする。

レンが静かに問いかけてきた。

「フローラはそれでいいの？　後悔しない？」

「後悔しないとは言えない。でも、今、皆を見捨てる方がよほど後悔すると思うし、寝覚めが悪くなると思うの。きっとこれからずっと、私は悪夢に魘されるわ。どうして見捨てたのかって死ぬまで後悔する」

「……そうだね。君はそういう人だ。じゃあ、後悔が少ない方を選ぶってことかな？」

「違うわ」

真っ直ぐにレンを見つめる。

これだけは言っておかないと、と思った。

「後悔が少ない方を選ぶんじゃない。消去法で仕方なく戻るわけじゃないの。私は、優しくしてくれた人たちを助けたい。だから戻る。ねえ、レン。それって全然違うと思わない？」

緩く笑みを浮かべながら告げる。

レンは驚いたように目を見張り、次いで眩しそうに目を細めた。

「……うん。全然違うね。その選択には、君の意思がある」

「ええ。だからこれから何かあっても、後悔することになっても、誰かのせいにしたりはしないわ。私が選んだことの責任を自分で取るだけよ」

きっぱりと告げる。

なんだか、すごく清々しい気分だった。

今までウジウジと悩んでいたのが馬鹿らしい。

ただ、自分がそうしたいからという決定は、思いの外、己の心を軽くした。

別にいいではないか。都合よすぎる選択だって。

助けられる力を得て、それを皆のために使いたいと思ったのだから戻ればいい。

それだけのことだ。

にっこりと笑い、レンを見る。彼はじっと私を見つめ返してきた。

その瞳には熱が籠もっており、彼が私を愛しいと思っていることが、言葉がなくとも伝わってくる。

「レン……」

「うん。それでこそ、私が好きになった君だ」

声に甘さが混じる。

優しい眼差しと声音にこんな時だというのにドキドキした。

レンが腰に提げた剣に触れ、決意を固めた声で言った。

「よく分かった。それが君の決定だというのなら、私も君と共に戦うよ」

「いいの？」

「もちろん。言っただろう？　私にとって一番大事なのは君と共に在ることだって。君が残ると、聖女として生きることを決めたのなら、私はそんな君に見合うよう動くよ。国の王子として、君の婚約者として恥ずかしくない結果を残すと約束する」

「……うん」

「君の聖獣は……もちろん共にくるのだろう？」

レンがアーロンに目を向ける。まるで猫のように寛いでいたアーロンは『当然だ』とレンに応えた。

『聖獣は聖女の意思を体現するもの。主が助けると決めたのなら、我もその意思決定に従う』

「ありがとう、ふたりとも」

心強い応えにホッとする。

戻ると決めても、やはりひとりは怖いのだ。ふたりが共にいてくれることは、本当に有り難かった。

胸を撫で下ろす私に、レンが笑いながら言う。

「ま、私は君と逃避行でも全然構わなかったんだけどね？」

「……まさか。私に現実を見せようとしてくれただけでしょ」

レンは王子なのだ。

女ひとりのために国を捨てるような真似をするとは思えなくてそう返すと、彼は思わせぶりに笑った。

「さあ、どうだろう。私は君が思っているほど、真面目な王子ではないからね。国と君、どちらかしか取れないと言われたら、普通に君を選ぶ自信があるし」

「……ダメでしょ、それは」

そういう時は、国を選ぶべきだ。それが第一王子としての在り方だろう。

そう言いつつも、擽（くすぐ）ったい気分になった自分には気づいていた。

やはりもう見ないふりはできないのだ。

私は、レンに自分を優先すると言われて嬉しいと感じている。

馬鹿だなあと思う。でも、自分の感情は否定できなかった。

複雑な気分になっていると、私の葛藤（かっとう）に気づいたのかレンが笑う。その笑顔はとても綺麗（きれい）で、思わず見惚（みと）れてしまった。

「あ……」

「ダメと言われても、私は君を選ぶよ。私は王子である前に、ひとりの男だから。君と共にいられない人生なんて意味がない」

「……うん」

力強い言葉に思わず同意する。

どんな時でも迷わず私を選ぶと言ってくれるレンが頼もしく、その姿に、強く惹（ひ）かれた。

いいなと思った。嬉しいと感じた。

――うん。

ひとつ、頷く。

幼い頃、私はレンが好きだった。

優しい彼。彼と共にいられることを嬉しいと思っていた。

それから十年。

今、私はまた、同じ人に恋をしそうになっている。

いや、しそう、ではない。

きっと今、新たに恋に落ちたのだ。

それを自覚し、なんだか妙に照れくさい気持ちになった。

第七章

王都防衛線

「さて、これから王都に向かうわけだけど」

レンが王都の方角を見ながら私たちに告げる。

現在、王都からすぐ近くの場所で、魔物と騎士団が死闘を繰り広げている状況。

彼らを助けたい私たちとしては、一刻も早く彼らのもとへ向かう必要があった。

「どうするの？」

歩く、もしくは走る。

馬もいなくなってしまっている現状、それくらいしか手段はないが、間に合うのだろうか。

心配になっていると、レンはおもむろに指笛(ゆびぶえ)を鳴らした。

何もない荒れ地に指笛の音が響く。何をしているのかと見ていると、しばらくして馬がやってきた。

レンが乗っていた馬だ。どうやら自身の判断で避難していたらしい。

主人の呼びかけに応え、戻ってきたのだ。

「……すごい。賢いのね」

感心していると、レンが当然のように言った。

「魔物が出た時にどうするのかは教え込んであるからね。足を潰(つぶ)されては困るし、乗り手がいない時は逃げるようにって。今みたいに指笛を鳴らせば、音を聞きつけて戻ってくる」

「へえ……」

「感心するのはあとだ。時間がない。さ、乗って」

「え、ええ」

レンが先に馬に乗り、私に手を伸ばした。その手を取り、彼の前に乗る。

「わ……」

初めて乗った馬は、思ったより不安定だった。なんとかバランスを取っていると、後ろからレンが支えてくれる。

ホッと一息吐き、アーロンを見た。

「えっと、アーロンはどうするの？」

馬には乗れないだろうと思い尋ねると、彼はあっさりと言ってのけた。

『心配は無用。我は自らの足で駆ける』

「そっか。速そうだものね」

今のアーロンは、猫ではなく巨大な雷獣。確かに自分で走った方が速そうだ。

「行くよ」

レンが手綱を握り、馬を走らせる。

アーロンも速度を合わせて走り出した。

急がなければ間に合わないと必死だったが、三十分も走れば王都の門が見えてきた。

「あ、あそこ！」

正面を指差す。

王都の頑強な門。その門を守るように馬に乗った騎士たちが並んでいた。

その前には歩兵がいて、門に近づけさせまいと善戦している。

彼らが戦っている魔物は、先ほど私たちが戦っていたものと似て否なる形をしていた。

四本足の魔物に二本足の魔物。中には空を飛んでいる怪鳥タイプもいて、騎士たちは空からの攻撃に特に苦戦しているようだった。

まるで竜のような見た目の魔物もいる。

総数も多く、百を超えているのではないだろうか。明らかに押されている。このままだと遠からず、王都の門を突破されそうだ。

「……魔物って、こんなにたくさんで押し寄せてくるものなの？」

毎度この数を相手にしているのかと信じられず呟くと、レンは舌打ちをしながら否定した。

「まさか。多くても二十くらいだよ。こんなに多くの魔物が攻め込んできたのは初めてだ。それに通常、竜のような巨体の魔物は単体でしか現れない。それが竜だけで一、二、三……少なく見積もっても五体以上。魔物の種類も多いし、はっきり言って異常だよ」

「異常……」

「皆で示し合わせて、うちの国を滅ぼしにきたんじゃないかって思うくらいだ」

吐き捨てるように告げるレンだが、確かにそう見えなくもない。

魔物たちは明らかに王都の中に侵入しようとする動きをしていた。

しかも妙に統制が取れている。

「……魔物って、誰かに操られているとかある？」

「ないよ。魔物は歪みからの自然発生。本能のままに近くの村や町を襲う生き物だからね」

「そう……」

「だから示し合わせて、なんてない……はずなんだけど」

はず、と言ってしまったのは、レンもおかしいと感じているからだろう。

隣を走っていたアーロンが『先に行く』と言い出した。

『このままでは全滅しかねないからな。主、構わないな？』

「え、ええ。お願い」

助けにきたのに全滅していました、は私だって嫌だ。

頷くと、アーロンはレンを見た。

『――遅れるなよ』

「分かってるさ。フローラを安全な場所に降ろしたら、私も行く」

アーロンがフワリと空中に浮き上がる。

そうして空を蹴り、今まさに戦いが繰り広げられている場所へと向かって行った。

アーロンに気づいた兵士たちが叫ぶ。

「新たな敵襲⁉」

「空から白いライオンのような魔物が急接近！　各自、警戒を怠るな‼」

「えっ……？」

見知らぬ生き物に気づいた王国側は、なんとアーロンを敵だと判断した。

攻撃こそしていないが、アーロンがどんな動きをするのか警戒している。

アーロンは意に介さず、大きく吠えた。

先ほどと同じように天候が変わっていく。明るい空の色はどんどん暗くなり、雷雲が発生する。

突然の天気の変化に、王国軍は動揺した。

「え……空が？」

「待て、落ち着け！　これは敵の罠だ！」

焦る王国軍の様子を見ていたレンが「うわあ」と額に手を当てる。

「味方なのに、動揺してどうするんだよ……まあ、きっと分からないだろうなとは思ってたけどさ」

「え？」

レンの言った意味が分からず尋ねる。

「雷獣って有名なのよね？　それなのに皆、分からないの？」

「雷獣が存在するという感覚がそもそもないんだよ。私だってこの目で見ていなければ信じられなかった」

「……そうなの？」

「うん。私たちにとって、彼は伝説上の生き物という認識だからね。すぐには結びつけられない」

「でも、それって拙くない？」

助けにきたのに味方だと認識してもらえないのは困る。

そう言うと、レンは頷き、王都の門のすぐ近くで馬をとめた。

門を固めていた騎士たちがレンに気づき「殿下！」と彼を呼ぶ。

中でも一際立派なマントを羽織った男性が、馬に乗って駆けてきた。

「殿下！　今までどちらにいらっしゃったのです‼　陛下もいらっしゃらないというのに！」

「分かってるからきたんじゃないか。――メラム、今から私が指揮を執る。構わないな」

「はっ！」

メラムと呼ばれた男性が敬礼をする。その表情には安堵が滲んでおり、劣勢の中、指揮官がいなかったのが相当キツかったということが伺えた。

「フローラ。降りてくれるかな」

「ええ」

先に降りたレンに助けられ、馬から降りる。

メラムさんが私を見て「そちらの女性は？」と聞いてきた。

「ああ、私の婚約者で聖女だね。君はまだ会ったことがなかったっけ」

「聖女様⁉　し、失礼いたしました。私は近衛騎士団長、メラム・ステファンと申します」

「……フローラ・リンベルトです」

こちらも名乗り返す。

この立派なマントの男性は、近衛騎士団長だったらしい。

彼は私の顔を見つめると、眉を寄せ、レンに言った。

「お言葉ですが、国の大事な聖女様をこのようなところへお連れするのは危険では？」

「それはそうだけど、聖獣は聖女が近くにいないとその力を十全に発揮できないからね。君だってそれは知っているだろう？」

「聖獣、ですか？　聖獣がどこに……」

周囲を見回し、分からないという顔をするメラム。そんな彼にレンは実に意地悪い顔をしながら言った。

「今まさに、君たちが警戒している彼。彼がフローラの聖獣だよ」

「え……あの魔物が？」

アーロンを指差すレン。メラムは戸惑いの表情を浮かべていて、俄には信じられないようだ。

その時、アーロンが一声吠える。次の瞬間、無数の稲妻が周囲に落ちた。

稲妻は魔物を突き刺し、確実にダメージを与えていく。

アーロンの身体は青白く放電していて、空中に留まる姿は神秘的ですらあった。

「……雷獣？」

ようやく思い至ったという風にメラムが呟く。レンが大きく頷いた。

「そのとおり。我が国の聖女は、聖獣として伝説の雷獣を呼び出したんだ。どうかな？　非常に頼もしいと思わない？」

楽しげに言うレンの言葉を聞き、メラムが大きく目を見開く。

「まさか……！　雷獣は……存在したのですか？」

「みたいだね。今までは相応しい召喚者がいなかったから、出てこなかっただけみたいだよ。まあ、フローラは特別な人だから雷獣が出てきても当然なんだけど」

どこか自慢げに告げるレン。

なんだろう。いたたまれなくなってきた。

あまり大袈裟に褒められても困るのだ。何せ、アーロンについては喚び出そうと思って召喚したわけではないので。

気づけば側にいて、私を慰めてくれた。それだけなので、私の手柄、みたいに言われると申し訳ない気持ちが勝ってしまう。

レンが笑って言った。

「さて、いい加減私も行かないと、アーロンに手柄を独り占めされてしまうかな。フローラ、行ってくるね。メラム、我が国の聖女を頼むよ。私は前線に出ないといけないから、フローラの側にはいてやれない」

「承知いたしました。聖女様は必ずや我々近衛騎士団がお守りいたします」

「うん」

頷き、レンがひらりと馬に乗る。そうして剣を引き抜き、魔物たちの方へと向かっていった。

戦っていた騎士たちが、レンに気づき、一様にホッとした顔をする。

「レン殿下！」

「殿下！　よかった。きてくださったのですね」

「お待ち申し上げておりました！」

中には縋(すが)るような目を向けている者もいて、レンが皆に信頼されていることがよく分かった。

最前線に陣取ったレンが、声高(こわだか)に告げる。

「奮い立て！　我々には聖女がついている。見よ、あそこにいるのは我が国の聖女が召喚した聖獣。皆も伝説の雷獣については聞いたことがあると思う。彼女はその雷獣を召喚した。雷獣がいて、負けることなどあり得ない。この戦い、勝利は約束されているぞ！」

今にも気力が尽きそうになっていた騎士たちが、レンの言葉に顔を上げる。

彼らは雷で敵を屠(ほふ)るアーロンに目を向け「雷獣……実在したのか」と呟いた。

アーロンが雷を落とす。

雷を纏（まと）い、敵に向かう彼を見て、レンの言うことが真実だと実感できたのか、少しずつ兵士たちの顔に生気が戻っていった。

そのタイミングでレンが再度声を張り上げる。

「勇敢なるウィシターリアの兵たちよ。今こそ立ち上がれ。雷獣にばかり手柄を取られてもいいのか。自分たちの国は自分たちの手で守る。それでこそ名誉ある騎士ではないのか！」

彼が言い終わるとほぼ同時に、地鳴りのような応答があった。

疲弊していた兵士たちが次々と立ち上がる。武器を下ろしていた騎士たちも再度己の得物を構えた。

「行くぞ！」

レンの号令に合わせて、騎士たちが魔物に攻撃を仕かける。

先ほどまで押されていたのが嘘（うそ）のような勢いだ。なんとしても勝つという気迫が凄（すご）い。

アーロンを見れば、彼はひとりで大物を屠っていた。

自分の身体より大きな竜に雷を浴びせ、怯（ひる）んだところを爪と牙（きば）で攻撃する。

竜は抵抗しようとしたが、雷で身体が痺（しび）れたのか、思うように動かず、碌に反撃できないままその巨体を地面に沈ませていた。

「……」

土埃が舞う。皆が必死に戦っていた。

レンは最前線で剣を振るい、適宜、騎士たちにどう動くのか命令を下している。

皆も指示によく従い、死に物狂いで戦っていた。

中には魔物の攻撃を受け、傷を負った者もいたが、そういう人たちは仲間が後方の門のところまで運んでいた。

いつの間にか門の前には攻撃を受け、苦しんでいる人たちで溢れている。

それを見て、ハッとした。

私の側に護衛としてついてくれているメラムに告げる。

「彼らのところへ行ってもいいですか」

「……と言いますと」

「傷を癒やしたいんです」

先ほど力を使うことができたからだろう。やれるという確信があった。

聖女が傷を癒やせるというのは、メラムも知っているようで「助かります」とむしろ頭を下げられた。

「よろしくお願いします」

「はい」

任せてほしいという気持ちを込めて頷いた。

近衛騎士団長の案内で、負傷者たちが寝かされている場所へ向かう。

痛みに呻きながらも騎士たちは、なんとか起き上がり、戦おうとしていた。

「殿下が戻られたんだ。俺も行かなければ……」

「伝説の雷獣と共に戦える滅多にない機会。どうして私はこんなところで寝ている……！」

中には悔しさに涙を流す者もいて、彼らが戦意を失っていないのは明白だった。

彼らの側に行き、告げる。

「大丈夫。すぐに治します」

「……え」

不思議そうに私を見上げる騎士たちに、ついてきてくれたメラムが力強く告げる。

「その方が我が国の聖女様だ」

「聖女様……？　あなたが？」

「はい。今、怪我を癒やしますから」

アーロンを癒やした時のことを思い出しながら、怪我をしている部分に手を翳す。

背中がカッと熱くなった。

騎士が「あ」と声を上げる。

「背中から……羽が……」

また聖痕が浮かび上がっているのだろう。聖女が力を使う際にそうなるというのは先ほどレンから聞いたし、一度自分の目でも見ているので気にならない。

手のひらから、アーロンを癒やした時にも見た金色の粒子がキラキラと出てくる。

粒子は負傷箇所を覆い、数秒ほどで消えていった。

あとには怪我のない、綺麗な肌が見えている。

「これが……聖女の癒やしの力？」

あっという間に傷を治した私を見て、側で見ていた者たちが顔色を変える。

「聖女様だ……」

「透明の羽が宙に広がって……すごい……」

驚きとざわめきが騎士たちの間に広がっていく。

私はといえば、上手く治療できたことに、顔にこそ出さなかったがホッとしていた。

——よかった。上手くいったわ。

大丈夫だとは思っていたが、万が一失敗したらどうしようと不安もあったのだ。

また前のように力が使えなかったら……心のどこかでそんなことも思ってしまったが杞憂だった。

騎士の側を離れながら口を開く。

「傷は癒やしました。殿下を助けてあげてください」

そう言うと、騎士は目を丸くし、次にしっかりと返事をした。

「はい！」

立ち上がり、己の馬の元へ駆けて行く。それを視線だけで見送り、次の怪我人へと向かった。

傷を癒やしながら、皆に言う。

「あなた方も怪我が癒えたあとは、どうか皆のもとへ戻ってあげてください。今はひとりでも戦える人が欲しい。生きてさえいれば、私が治します。だから」

傲慢（ごうまん）な願いかもしれないと思いつつも声をかける。

次いで返ってきた当然だと告げる声に、私は強く頷いた。

◇◇◇

「次」

次々と兵士たちを治していく。

一度やり方が分かれば、力を使うのは息をするのと同じくらい簡単だった。

手を翳すだけで傷が癒えるというのは自分でも信じ難（がた）い現象だが、これぞ奇跡であり、私が聖女と呼ばれる所以（ゆえん）なのだろう。

アーロンを癒やしたのと方法が違うのは、あの時とは状況が違うから。

怪我なら基本、患部に手を翳せばいいが、体内に原因がある場合は、全身を包み込む必要があるのだ。アーロンは毒に侵(おか)されていた。だから、ああする必要があった。

ここに寝かされている人たちは、ほぼ怪我人だけなので、そこまでする必要がない。

当たり前のように自らの力の詳細を理解しているのは変な感じだが、悩んでも仕方ないのでそういうものだと割りきった。

「はい、終わり」

最後のひとりを癒やし、戦場へ向かう様を見送る。

これで、今のところ怪我人はゼロだ。

幸いにも死人は出ていないようで、本当によかった。

いくら聖女であっても、死んだ人を生き返らせることはできない。

私の力が及ぶ範囲で済んでホッとした。

「お疲れ様です」

一仕事終わったと息を吐いていると、近衛騎士団長が声をかけてきた。

そんな彼に聞く。

「戦況はどうなっていますか?」

「雷獣の活躍とレン殿下の指揮もあり、王国軍が優勢です」

「そう、ですか」

彼が見ている方角を一緒に見る。

いつの間にか、近くにあった前線は遥か遠くに移動していた。

王国軍が押しているのだろう。

落雷と剣戟の音が聞こえるが、対して魔物の唸り声や姿はずいぶんと減っているように思えた。

『――面倒だ。魔物共を一カ所に集めろ』

アーロンが吠える。

声を聞いたレンが、騎士たちに命じ、魔物たちを一カ所に誘導し始めた。

その間も剣を振るう手は止めない。

馬上から振るう剣の動きは優美で、思わず見惚れてしまうほどだった。

いつも柔らかく細められている目は鋭く光り、その表情は厳しい。

キビキビと命令を下す姿は、彼が国の第一王子であり、王太子であることを納得させるものだった。

「集めたぞ‼」

残っていた魔物たちを上手く誘導したレンが、アーロンに向かって叫ぶ。

アーロンは宙を蹴り、高く舞い上がった。

『退け！』

「退避――っ‼」

レンの命令に、皆が一斉に距離を取る。

次の瞬間、アーロンは大きく身体を震わせ、天に向かって吠えた。

巨大な雷が一カ所に集められた魔物たちに落ちる。

「ひっ……！」

一瞬、息が止まるかと思うほど大きな落雷の音に思わずギュッと目を瞑る。

あまりの勢いに、土埃が舞い上がった。そのせいで、魔物たちがどうなっているのかよく見えない。

「……あ」

土埃が収まり、視界が晴れていく。

地面には巨大なクレーターができていた。

魔物たちはピクリとも動かない。先ほどの落雷で全てを倒したのだろう。

一網打尽（いちもうだじん）とはまさにこういうことをいうのだなと思った。

見渡してみるも、残っている魔物は一体もいない。

新たに現れるという感じもないし、これは勝利で間違いない。

雷雲が消え、空に明るさが戻っていく。

太陽が顔を出し、光が差した。

まるで勝利を祝うような光に、呆然としていた皆が我に返っていく。

その中で、レンが大きな声で告げた。

「我らの勝利だ！」

「おおおおおおおお!!」

呼応するように騎士たちが吠える。

中には泣いている者もいた。

「勝った。俺たちは勝ったんだ！」

喜びの声を聞きながら、いまだ空中に佇むアーロンを見つめる。

私の視線に気づいたのか、アーロンがこちらへとやってきた。

地面に着地した彼の背を撫で、心から言う。

「お疲れ様、アーロン」

勝利を祝う喜びの声は続いている。

それを心地よく聞きながら、私はその中心で笑うレンを見て、なんてすごい人なんだろうと心から思っていた。

終章

これからのこと

勝ち鬨を上げる騎士たちをアーロンと共に見ていると、馬に乗ったレンがこちらにやってきた。剣を鞘に収め、ひらりと馬から飛び降りる。私を見つめる彼は、さっきまでの鋭い目をした人と同一人物だとは思えなかった。

レンが騎士たちを振り返りながら言う。

「君が彼らの傷を癒やしてくれたお陰で、すごく戦いやすかった。ありがとう。とても助かったよ」

「役に立てたのならよかったわ」

「役に立ったどころの騒ぎじゃないよ。何せ力を使う君の姿はすごく神秘的だからね。背中の六枚羽が広がる様は、戦場にいる私にも見えたよ。本当に美しかった。あの美しいものを守らねばと心から思ったんだ」

「大袈裟ね」

「まさか。いつだって君には本音しか言わないよ」

にこりと笑うレンを見つめる。

彼の顔には小さな傷がいくつもあり、眉を寄せた私は思わず手を伸ばした。

「え」

「じっとして」

背中が熱くなり、羽が広がる。光の粒子が彼の傷を癒やしていった。

傷のなくなった顔に触れ、頷く。

皆を鼓舞し、自らも戦ったレンに傷が残るのが嫌だと思ったのだ。

「これでよし」

「ありがとう。でも大した傷でもなかったのに」

「何言ってるの。顔に傷が残ったらどうするのよ。せっかく綺麗な顔をしているのに」

そう告げると、彼はポカンとした顔をした。

「え、もしかしてフローラって私の顔が好きだったりする？」

「ええ、そうだけど」

「……本当に？　初耳なんだけど」

レンは懐疑的な様子だ。

でも確かに顔が好きだとは一度も言ったことがない。だから言葉にしておくことにした。

「私、レンの顔が好きだわ……ん？」

まるで顔だけが好きみたいな言い方だなと内心反省していると、レンが顔を青ざめさせた。

「そうなんだ。……だとしたら、傷を治してもらって助かったよ。君に『傷ができて、好きな顔じゃなくなった』なんて言われたら立ち直れないからね」

「名誉の負傷に対し、そんな失礼なこと言わないわよ。ただ、ないに越したことはないと思うけど」

治せるものなら治せばいい。それくらいの感覚だ。

私の言葉にレンも納得したのか、ホッと胸を撫で下ろしていた。

「よかった。今後、戦いの最中は全力で顔を庇う方向に出なければいけないかと真面目に検討するところだったよ」

「……そんな戦い方をしたら、余計に怪我をするじゃない。止めなさいよ」

一カ所を庇いながら戦うなど、危険行為でしかない。

そう言うと、レンも「分かってるけどさ。君に好かれることが最優先事項だから、つい」と笑いながら言った。

そんなことを言われると、何も言い返せない。

レンに好かれていると実感できる言葉を嬉しいと思ってしまうからだ。

しばらく皆の喜ぶ様子を眺める。

いい光景だなと思っていると、レンが言った。

「それで――君はこれからどうする？」

「どうするって？」

レンに目を向ける。

彼は騎士たちに目を向けながら言った。

「こうして聖獣を派遣し、自らも傷を癒やしてみせた。君は我が国の不動の聖女となったって言ってるんだけど」

「……そう、ね」

その問答は、ここにくる前にもしたなと思うも、レンが私のためにわざわざ言ってくれているのだと気づき、指摘しないことにした。

レンは、私の意思を再度確認してくれているのだ。

なんなら「やっぱり逃げたい」と言えば、協力してくれるのだろうくらいは想像できた。

ただ、その場合、彼も一緒についてくるだろうけど。

そう思い、くすりと笑った。

レンが一緒にくると全く疑わなかった自分が面白かったのだ。

いつの間にかレンが側にいることを当然だと思うようになっていたのだから驚きである。

あと、なんやかんやで、もう一度彼を好きになってしまったのも、意外といえば意外だ。

元々彼のことは、初恋の人として好意的に見ていたが、改めて彼を知り『いいな』と心を寄せるようになった。

向こうの世界では与えられなかった『私だけを見てくれる人』。

それがレンで、いつだって私を一番に考えてくれる彼を私はいつの間にか好きだと思うようになっていたのだ。

私が何より大事にしたいのは、家族とアーロン、そしてレン。

彼らが側にいてくれて、そしてレンが愛してくれるのなら、私はきっと聖女としてやっていける。

そう確信できた。だから彼に問いかける。

「……レンは、私と一緒にいてくれる？」

彼ならきっと「うん」と言ってくれる。それは分かっていたけれど、彼の口から答えが聞きたかったのだ。

私の質問にレンは驚いたように目を瞬かせ、すぐに破顔した。

「もちろんだよ。私にとって君以上に優先すべきものはないし、そもそも君を逃がしたくないのは私だからね。逃げたって地の果てまで追いかけるつもりだから心配は無用だよ。むしろ絶対に逃げられないことを覚悟した方がいい」

思っていた以上の答えが返ってきて目を丸くする。

でもなんだかとてもレンらしくて笑ってしまった。

「うん、大丈夫」

笑いすぎて涙が出てくる。涙を拭っていると、レンがムッとしながら言った。

「あ、信じてないな。私は本気なのに」

「そんなことない。信じてるわ」

嘘だなんて思っていない。そう言うと、レンは「それならいいけど」とちょっと不服そうに言

った。

アーロンを見れば、彼はいつものように自らの毛繕いをし、後ろ足で耳を掻いていた。

普段どおりすぎるその姿が、大きくなっても変わらなくて愛おしい。

「うん」

ひとつ、頷く。

皆がこうして側にいてくれるのなら、私はこの先もやっていけるだろう。

優しい人たちを守りたいと願ったことをきっと後悔しないはずだ。

じっとレンを見つめる。

私の好きな人。

好きだと自覚した人。

この人に『好き』を返したいなと思うけど、全ては始まったばかりで、私自身もまだ色々といっぱいいっぱいだから。

もう少し余裕ができたら、その時は言ってみてもいいかもしれない。

『私も好き』だと。

でもそれはまだ先の話だから、この気持ちは心に秘めておきたいと思うのだ。

「にゃあ」

「あれ？」

アーロンを見る。

さっきまで雷獣の姿だったはずが、いつの間にか元の白猫に戻っていた。

アーロンはスリスリと私に擦(す)り寄り、上機嫌だ。

レンが苦々しいという顔を隠しもせず言った。

「うわ、猫に戻ってるし。なんだろう。正体が意思疎通のできる聖獣だって知ったからかな。今までフローラにくっついたり抱きしめられたりしていたことが、途端に許せなくなってきた」

「レン、心が狭い」

「え、いつ心が広いなんて言った？　心の狭さなら誰にも負けないって自負はあるけど」

「なんで自慢げなのよ」

胸を張って肯定されてしまえば、苦笑するしかない。

騎士たちは勝利の余韻(よいん)が覚めやらないのか、まだわいわいと騒いでいた。

よく聞けば、レンやアーロン、そして私を褒め称(たた)える声もする。

ふたりが褒められるのは当たり前だけど、私も一緒に褒められたのは嬉しかった。

――ずっと、落ちこぼれだった私が嘘みたい。

幼い頃から心にあった重しが綺麗に消えた心地だ。

気にしないと言いつつも、心の奥底では悩んでいた。

皆と同じことができない、落ちこぼれの聖女候補。

でも今、私は正しく聖女として皆に認められている。

それがこんなにも嬉しい。

きっと私は皆に、なんの憂いもなく認められたかったのだろう。

自分が欲しかったものを初めて自覚し、恥ずかしくなる。

でも。

——いいじゃない、それで。

今なら心からそう思える。

空を見上げれば、先ほどまでの天気が嘘のように綺麗な青空が広がっている。

人々の歓喜の声は止まない。

レンがそっと手を繋いできた。それに驚くも、なんとなく悪くないと思った私は彼の手を握り返し、告げた。

「私、この世界に戻ってこられてよかった」

今、こうして私が笑えるのは、レンたちのお陰だ。

「ありがとう」

——数多ある異世界から、ただひとり、私を見つけてくれて。

そう言うと、レンは笑い「君のことなら、砂漠の砂粒の中からでも見つけてみせるよ」と頼もしい言葉をくれたのだった。

あとがき

実業之日本社様からは、初の刊行となります。月神サキと申します。

普段は『執着強めのヒーローと精神的に強いヒロイン』の恋愛小説を書いています。

今回はいつも書くものより若干ファンタジー要素強めでお届けしておりますがいかがでしょうか。

まあ、執着強めのヒーローが出てくる点は、相変わらず私なんですけどね！

落ちこぼれ聖女な彼女が自分の心と向き合い、成長する話。その過程に恋愛もあり……今回両想いには至りませんでしたが、レンに対する恋心は自覚したので、きっと近いうちラブラブな恋人同士になってくれるのではないかと思っています。


今作品のイラストレーターは切符先生です。

先生の雰囲気あるイラストが大好きでしたので、カバーイラストを見た時は「うわあああああ！これこれ！　最高!!」となりました。

クラシカルな感じがまるで一枚絵のようで素敵です。ピンナップも各キャラそれぞれの性格が滲み出ていて、世界感をより広げていただけたと思っています。

中の挿絵のアーロンもすごくいいんですよ……！　まだ見ていらっしゃらない方は楽しみにしていてください。

個人的には兄の挿絵も大好きでした……！

切符先生、お忙しい中ありがとうございました。

最後になりましたが、本作品をお手に取ってくださった皆様に。

お買い上げいただきありがとうございました。

楽しんでいただければ幸いです。

それではまたどこかでお会いいたしましょう。

２０２５年３月　月神サキ

落ちこぼれ聖女は逃げ出したい
～モフモフと異世界トリップした先で、なぜか氷の王子が執着してきます～

2025年5月5日　初版第1刷発行

著　者／月神サキ
イラスト／切符
発行者／岩野裕一
発行所／株式会社実業之日本社
〒107-0062
東京都港区南青山6-6-22 emergence 2
電話（編集）03-6809-0473
（販売）03-6809-0495
https://www.j-n.co.jp/

印刷所／株式会社DNP出版プロダクツ
製本所／株式会社ブックアート
装　丁／小沼早苗［Gibbon］
ＤＴＰ／ラッシュ

ISBN978-4-408-53879-2（第二漫画）